elfuturodemicuerpo

36 cuadernos esenciales

En El futuro de mi cuerpo, *la última novela de* Luis Hernán Castañeda, *descubrimos un cadáver congelado que es una atracción turística, una localidad insólita y excéntrica a muchos metros sobre el nivel del mar, una pareja en crisis que juega a esclarecer un misterio y un celaje sospechosamente andino sobre el paisaje desaforado de las Montañas Rocosas. No hay arbitrariedad ni capricho en ese retablo de las fantasías y los temores que, con diestra artesanía, construye Castañeda: la errancia –que José María Arguedas llamó, apropiadamente, "el forasterismo"–, el dolor y la violencia racistas, el placer de los rituales y el fulgor sombrío de las esperanzas mesiánicas pasan por el filtro de una comicidad delirante y un lirismo perverso. Alto y riguroso ejercicio creativo,* El futuro de mi cuerpo *es una obra singular, pero no aislada: en ella, los fantasmas de la cultura peruana emigran a una realidad alternativa cuya verdadera geografía no es la de los mapas, sino la de las mentes. Se trata, sin duda, de un ejemplar de esa especie rara: el divertimento lúcido, la obra de imaginación que anima el pensamiento.*
(Peter Elmore).

Mientras más lejos parece el Perú en esta historia, más próximo acecha al lector (y a sus personajes). Cuando más distinta es la violencia de este escenario (el medio oeste norteamericano), más visibles los trazos comunes entre todas las formas de beligerancia que habitan lo humano. Cuanto más extraños e inusitados lucen los personajes y sus acciones, más cercana la sombra que proyectan sobre el ánimo de quien se encuentra con ellos, en las páginas de esta novela. Relato misterioso y de nerviosas anticipaciones, hecho de fragmentos de memoria y proyecciones del subconsciente, en El futuro de mi cuerpo *todos los objetos materiales y las personas de carne y hueso parecen reclamar su condición de fantasmas y todos los fantasmas quieren ser reconocidos como seres objetivos y palpables. Esta novela de Luis Hernán Castañeda involucra al lector en problemas que van mucho más allá del espacio y el tiempo de la ficción. Quienes quieran encontrar en ella un retrato vívido aunque no poco enrarecido de la sociedad semi-rural estadounidense, lo hallarán en el Festival del Hombre Congelado, en esta dura trama de caracteres insólitos, en las callejuelas de Nederland, en el aire espectral pero vivo de Colorado y los rostros secos de los pasajeros del Greyhound, entre las Montañas Rocosas. Quienes quieran descubrir aquí una reflexión sobre la omnipresente ubicuidad de la muerte y la constante persecución del mal, no tendrán otra salida que convivir con ellas en cada línea. Una de las mejores novelas peruanas de los últimos años, sin duda alguna.*
(Gustavo Faverón Patriau).

«Nosotros somos los culpables de esta destrucción, los que no hablamos su lengua ni sabemos estar en silencio.»

Yuri Herrera
Señales que precederán al fin del mundo

«Lo intocado por la vanidad y el lucro está, como el sol, en algunas fiestas de los pueblos andinos del Perú.»

José María Arguedas
El zorro de arriba y el zorro de abajo

«Cosa maravillosa es la cualidad de aquel aire frío, para matar, y juntamente para conservar los cuerpos muertos sin corrupción.»

José de Acosta
Historial natural y moral de las Indias

—¿Está muy recia?

Desde su escondrijo en el autobús madrugador Expreso Chihuahueño, Ángel demoró en entender que el conductor, un norteño de bigote áspero y vozarrón de rancherista, le estaba dirigiendo a él esa pregunta incomprensible. Era uno de los pocos pasajeros que ya empezaban a estirar los brazos y girar los cuellos, reconociendo desconcertados las sombras turquesas de la nevera en que se había convertido el vehículo durante la noche, mientras atravesaban las soledades de Nuevo México en penoso escalamiento hacia el pueblito de Ratón.

—¿Qué dice? —preguntó Ángel, observando el sombrero del otro hombre despierto, el pasajero inmóvil que estaba sentado unos pocos asientos delante de él: un calvo delgaducho de unos sesenta años de edad. Era el mismo vaquero que, antes de cruzar Las Vegas, le había buscado charla, le había contado que la mejor hora para pescar en los lagos de altura era las tres de la mañana. Al parecer las truchas picaban con empeño de suicidas. Le había impresionado su voz árida, dueña de una dicción clara y limpia que sugería una voracidad perversa.

—Digo, que si no está muy recia la música —explicó el conductor, casi gritándole a través del camposanto de resucitados.

—Está bien —dijo Ángel, percatándose de que una ranchera moribunda seguía pulsando en algún recodo, gorgoteando sus arpegios finales al amanecer. Tal vez se había acostumbrado a dejarse arrullar en el sueño y, ya despierto, no la encontraba irritante. En cambio seguía ofendiéndolo la fragancia de orines que avanzaba desde el cuartucho higiénico como un ánima perseguidora.

—Un verdadero hijo de su madre —susurró el vaquero pelado, dándose vuelta y escrutándolo con sus ojos grisáceos. Su español era pausado y cuidadoso, correcto y artificial como la aproximación de un felino—. Anoche nadie pudo dormir con el escándalo. Ahora, cuando más bien podría ser nuestro despertador, se nos pone hospitalario.

Dejó escapar una risa desganada, casi un ronroneo de fumador antiguo. Esa voz, ahora lo confirmaba, solo podía pertenecerle a un glotón, a pesar de su enjutez. En vez de soplar sus palabras hacia el exterior, quería echárselas al buche, no sin antes escamarlas lenta y prolijamente. Era desagradable esa idea; para espantarla, se fijó en el sombrero con que intentaba contrabandear su calvicie.

Dado el contexto de la presente aventura, debía admitir que no le quedaba ridículo. Era un hermoso sombrero tejano de color negro. ¿De dónde habría sacado el dinero, este pobre diablo, para adquirir una pieza tan soberbia? Lo irónico era que Ángel, aunque tuviera el presupuesto para comprarse un sombrero así, jamás se lo pondría, porque los peruanos no gozan de carta blanca para llevar dichos accesorios, a menos que se trate de lok'os. Despechado, desvió el mentón y miró por la ventana.

Sus ojos achinados, cuevas pastosas, luchaban por mantenerse vigilantes. Tienes que despertar, debes estar muy espabilado el día de hoy: tus ojos bien abiertos, tus sentidos alertas, delicadamente sintonizados con la misión. Fantasmas de pinos desfilaban sobre el lomo rugoso del vidrio. Un grabado de placas superpuestas, azules en el centro y celestes en los bordes, traicionaba la temperatura criminal del exterior. La nieve, llegada en disfraz de polvillo inofensivo, los había sorprendido a la salida de Albuquerque y en algún pliegue de la noche, quizá cuando empezaron a remontar la cordillera, se había desembalsado la cascada blanca, pesada y continua. La máquina se arrastraba ahora como un tractor penitente sobre la carretera tapizada de hielo. A través de la luna delantera una romería de chispas rojas revelaba, radiación difusa entreverada en la nevisca, la congestión de la interestatal después de la tormenta.

—Aquí nos sentamos hasta mediodía —sentenció el vaquero—. Siempre es igual en esta temporada. Uno sale tarde y no sabe cuándo llegará, hasta que llega. Además, esta rata asmática no ayuda. Ahora es cuando te arrepientes de haberte ahorrado los ochenta dólares que cuesta el puto Greyhound. Tacaños ingenuos, pero ya lo estamos pagando. Escuché que nevará todo el día hasta arriba de Greeley.

—Pues qué —se quejó el conductor consigo mismo—. Si aquí apenas quitan la nieve cuando se les toca el corazón.

Un oasis blanco, fangoso y persistente, lamía la orilla este de las Montañas Rocosas. Un agujero pálido, un escorpión sobre el mapa, aguardando su momento: Ángel recordaba haber visto aquella masa amenazante en el pronóstico. Quizá podría comentarlo con el chofer y el vaquero, pero no se animó. Se notaba que ninguno de los dos tenía ganas de charlar, sino de ser escuchado. Tal vez ni siquiera eso. El acento del vaquero permitía imaginar las planicies incansables del Panhandle. Horas atrás, en los intestinos del alba neomexicana, cuando introdujo el asunto de las truchas depresivas, Ángel había prestado atención a su cantillo texano, aunque sin atreverse a pronunciar palabra. Siempre era así, temía hablar demasiado y que el extranjero, este o cualquier otro, terminara interesándose por su propio acento, acabara preguntándole de qué parte de México eres, muchacho, vienes a trabajar o qué, vienes a quitarles lo suyo a mis hermanos, o qué.

—Marzo es el peor mes —musitó Ángel—. Nieve mojada y abundante.

—Más al norte, puede ser. Aquí enero es todavía el demonio mayor. Pero cuando hay que subirse, hay que subirse. Viajas porque tienes que viajar, y cuando empiezan a enterrarte los copos, ya sabes que estás jodido, aunque nunca te dicen hasta cuándo. El maldito camión no se detendrá a menos que el mero George Bush se lo ordene. Una vez llegué a Denver a las dos de la tarde. Debía estar ahí antes de las siete de la mañana. Esta vez voy camino a Cheyenne, en Wyoming, para ver a mi hija. Vengo de El Paso, me viste subir. Tú ya estabas adentro, me duele imaginar desde cuándo.

—Subí en Torrecilla. Yo estoy por allá.

—Al otro lado. Claro que sí, Torrecilla; creo que visité una vez. No lo sé. Pueblo tranquilo, quizá, antes del narco. Seis horas desde J-city. Debes tener los riñones reventados. ¿Trabajas en Denver?

—Mi destino es Boulder.

—¿Boulder? ¿Qué te lleva hasta allá?

—Mi novia vive ahí.

—¿Americana?

—Claro —mintió.

—Pensé que se habían extinguido. Los pendejos, quiero decir. Amigo, estás perdiendo el tiempo. Cualquiera en tu lugar se habría casado con la señorita hace mucho tiempo. Así te evitas estos viajes infernales. Dicen que Boulder es un buen rincón. Además, si ella vive allá, su cuenta bancaria debe verse bien.

—Gracias por el consejo. Lo tendré en cuenta.

—Muchacho, tú solo hazme caso. Cómprale un anillo y luego invítala a cenar. Buena suerte. Ya estamos llegando al Pueblo.

—Cuántos camiones —volvió a quejarse el chofer—. Si hasta parece que estuvieran regalando cosas.

El vaquero hizo un mohín de disgusto, volteó la cabeza y pareció hundirse en el sueño. Ángel hizo lo mismo, pero sabía que era imposible volver a dormir. Al pegar la barbilla contra su pecho lo golpeó la vaharada tibia y rancia de su propia chompa, que no se había cambiado en días. Sintió frío, lo cual era una buena noticia, pues indicaba que había recuperado la sensibilidad. Rebuscó en el bolsillo del asiento, encontró el gorro y los guantes. Traía las manos engarrotadas. Maliciando cada hueso como una pieza errónea, se puso de pie para ir al cuartucho. Soltaría un chorro largo, sangraría aliviado la suma de las gaseosas que había ido echándose en los numerosos grifos de la ruta. Cual grulla, tuvo que levantar las piernas para sortear los torsos atravesados de los pasajeros que dormitaban alineados a lo largo del pasillo.

Al bajar del autobús en la estación de servicio lo primero que vio fue un titán solitario, labrado en roca negra y coronado por una diadema celeste, que señoreaba la blancura del campo abierto. El frente frío parecía haber barrido desde el noreste, rozando las faldas de las Rocosas, puesto que ni esa ni las demás montañas que despuntaban en la lejanía exhibían mayor rastro de nieve que sus capuchas perpetuas.

De pie ante la cordillera, Ángel fumó con caladas profundas, colmando sus pulmones ansiosos, mientras sus ojos merodeaban sobre el trajín de los pasajeros. Algunos se pavoneaban con sus propios cigarros, otros cuantos no avanzarían más al norte y empujaban sus cajas de cartón hacia las trocas que habían llegado a buscarlos. El hombre del consejo matrimonial le pidió un pitillo y lo consumió a su vera. A manera de saludo tardío o de agradecimiento, se alzó el ala del sombrero tejano y, tras pisotear el pucho con la bota, pronunció el siguiente discurso. Su voz se desenrolló calma, quizá incluso fuese cálida, pero sus ojos no dejaron de divisar en ningún instante la inmensidad del territorio: aquel mar alunado, aquel páramo lunático.

—Muchacho, ¿cuántos años tienes? No más de veintiséis. Veintiocho, a lo sumo. He estado reflexionando. Olvida lo que te dije hace un rato; olvídalo todo, escúchame ahora. No te veo bien. Te noto rígido, un poco envarado. Quizá preocupado por algo que te rodea y te presiona por todos lados, y ni tú mismo sabes lo que es, pero te obliga a mantenerte en guardia. Quieto y endurecido; sucio, pero digno. No es así, no se supone que debería ser así. Es como si siempre quisieras colocar los pies en el sitio correcto, como si cada paso debiera ocupar el punto correspondiente. No lo permitas, no concedas que te hagan eso. Si yo fuera tú me dejaría crecer las barbas y cesaría de pensar en el orden del futuro, quizá haría un poco el ridículo, me hundiría con delicia en aquella mendicidad ciega que ahora desprecias y temes. Hay que apasionarse por la duda y el desconcierto. Hazme caso, lo central es que no te cases ahora. No te cases con la princesa de Boulder. Escúchame y verás que todo irá bien. Yo sé lo que te digo.

Ángel se encaminó a la cafetería Pino's Rest Area, parada usual del Chihuahueño. Tuvo que esperar en fila para comprar un vaso de chocolate caliente, un red velvet cupcake y un kit dental. Escogió una de las mesas de plástico verde y desayunó mientras observaba el panorama que le ofrecían los ventanales. La planicie recubierta de escarcha rodaba sin sobresaltos hacia el este. A unos cincuenta kilómetros de distancia se alcanzaban a distinguir, uñas de fierro clavadas en la tierra, las siluetas grises de los rascacielos del centro de Denver. Reconoció, en dominio de las alturas, el edificio de la Wells Fargo, con su cima de caja registradora. Forzando las pupilas aquellas construcciones podían llegar a sugerir los vértigos de un castillo lejano, perdido en la pampa. Pero esa visión había llegado a ser una costumbre de sus llegadas, en los numerosos viajes que había realizado en los últimos meses, y ya no excitaba su imaginación como lo había hecho la primera vez que visitó a su novia. Apenas podía recordarle que aún faltaba más de una hora para llegar a Denver, donde había que abordar un segundo autobús que lo llevaba hasta esa presumida ciudad universitaria, decorada con tulipanes psicodélicos y estatuas de la fauna coloradense, que había sido el hogar del escritor John Fante.

Un desaliento gris: no puedes sentirte así, no puedes darte ese lujo, tienes que despertar, prepararte, agazaparte: un desaliento gris. A pesar de sus esfuerzos, nada en ese paisaje llamaba más su atención, tampoco los personajes pintorescos que le brindaban su preferencia al Chihuahueño. Se contentaba con suponer que casi todos eran paisanos de rumbo incierto que, hermanos suyos en la desdicha, no podían costearse un pasaje de avión para incursionar en la pesadilla americana. A veces, diversificando la escena costumbrista, caían americanos extravagantes como el patán del sombrero negro. Lo más probable era que ese sombrero costara más, significativamente más, que un pasaje de avión entre El Paso y Denver. Si pudiera hacerse de él, si lograra revenderlo, sin duda obtendría más de lo necesario para cancelar otro mes de hospedaje y alimento en su hotelito de Torrecilla, donde se ganaba la vida impartiendo clases privadas de inglés a niños de buena familia, estudiantes de secretariado y leguleyos ambiciosos que compartían, todos, una absoluta incapacidad para aprender la lengua del imperio. Apostado allí permanecería, anacrónico parásito de una fe extinta, célibe seductor de mexicanas desdeñosas, hasta que Serena quisiera asignarle una nueva misión imaginaria. O hasta que se le esfumaran los ahorros, tuviera que empezar a alimentarse de naranjas y debiera regresar a los Estados Unidos para agenciarse un cachuelo que lo salvara de la desnutrición.

—Tejano huevón —pensó mientras engullía el pastelito—. No se me notará, pero hace rato que me jubilé de cachorro.

De vuelta en el autobús observó que faltaban varios pasajeros. Era raro, y hasta un poco preocupante, que se hubieran quedado en esa gasolinera misántropa, con espíritu de pulpería. No sabía de ningún centro poblado en el área que pudiera atraer visitantes. Sin explicación alguna, Ángel sintió compasión por el destino de los viajeros anónimos que se quedaban atrás. Al instante se olvidó de ellos y se dedicó a revisar las fotografías de Torrecilla, su transitorio hogar, que traía almacenadas en la cámara.

No eran demasiadas. Había cumplido seis meses en aquella ciudad del norte, pero apenas podía ostentar ante sí mismo la desganada cosecha de quince imágenes, las únicas que no se había decidido a borrar, quizá porque constituían la prueba numérica de su raquítico estado interior. Un desierto borroso, erizado de cactus más bien predecibles, se alejaba hacia una sierra aplastada bajo un cielo desteñido. El Cristo de las Noas, fatigado y de brazos abiertos, divisaba desde un cerro anodino que podría hallarse en cualquier rincón del mundo. El reloj de la torre de la plaza de armas marcaba una hora ilegible, interminable. Casi no aparecían seres humanos, solo unas cuantas figuritas solitarias, estoicas, coágulos momentáneos de la existencia provinciana. ¿Dónde estaban los narcos que cortaban cabezas, los políticos corruptos, los familiares llorosos de las víctimas? Pensó que cualquier turista despierto y aventurero podría armar un álbum más potente y real que el suyo en un solo fin de semana. Porque eso era lo que necesitaba, potencia, fuerza sin control y vida pura derramándose de las imágenes. El problema era la pobreza de sus imágenes pero, en especial, el ojo gacho del fotógrafo, visitante incompetente de un lugar que le era desconocido, que jamás le habría interesado si no hubiera sido por Serena.

¿Por qué Torrecilla? Se había instalado por allá con la esperanza de irrumpir en el corazón de la violenta noche mexicana, con la ilusión de transfigurar la marea de noticias truculentas que cruzaban la frontera cada día en un batallón de espectros nítidos que pudieran desfilar ante los ojos del lector norteamericano promedio, revelándole como jamás nadie lo hizo la miseria de una realidad lejana y próxima al mismo tiempo. Como un corresponsal de guerra, o algo así: mientras más cerca del arquetipo, mejor. Así que el propósito no admitía dudas ni murmuraciones. El agujero negro de todo aquel asunto reiteraba, vociferaba inquisidor que él no estaba viviendo en Torrecilla porque deseara de verdad ser un fotógrafo, y menos uno de guerra, sino porque Serena había sugerido enfáticamente que el único remedio para sus males sería alejarse de su propia imaginación, entrecomillar el melodrama estridente, colarse en la arteria palpitante de la vida. Solo así correrías el riesgo de madurar de una vez por todas.

Alguna vez Serena había descubierto unas fotos suyas, tomadas cuando aún los dos eran estudiantes y vivían juntos en Boulder, y se le había metido en la cabeza que tenía «buena pupila», «ojo zahorí», esas fueron sus palabras, y que debía explotar ese talento inesperado para crecer. Para dejarse a sí mismo atrás. La idea, una vez formulada en versión lírica, era transformar la armadura de su espíritu en una membrana hipersensible, casi transparente, capaz de devorar todas las criaturas que se le aproximaran y de registrarlas para la posteridad. Era la idea, pero no la suya sino la de Serena. Como para dar crédito a los pronósticos, puesto que desde el principio de la relación Ángel había sospechado que su chica ejercería sobre el futuro una influencia pesada, devota y minuciosa, cuya meta final sería reformarlo como persona. Retorcer su alma por ver si así, casualmente, la enderezaba. Refundarla y reconstruirla como si fuera, paradójica juventud la suya, una ciudad en ruinas: piedra por piedra, morador por morador, sollozo por sollozo. Obsequiarle un nuevo norte, sólido y verdadero, que por alguna razón inalcanzable se localizaba en el norte de México. De paso, claro está, no vendría de más ayudar a zurcir la vagina de tres años, generatriz de discordia, que se agrietaba entre ellos y parecía convertir a Serena, en virtud de sus treinta cumplidos, en la desencantada dueña del significado de la madurez. Así que ahora, cuando le enseñara las escuálidas fotos que había tomado en Torrecilla, ella podría reaccionar, comentar, gesticular desde el poder. Desde una metrópoli que respiraba ansiedad.

O tal vez no. Tal vez no reaccionaría desde el poder ni la ansiedad, sino desde una indiferencia festiva, diplomática, terminal. Alzando los hombros, mostrándole las palmas y diciéndole lo siento, no recuerdo, ¿fui yo quien te dijo que tus fotitos eran buenas? Ya no tenía caso. Debía recordarse a cada momento que si había alguna razón para esta última venida a Boulder, esa razón era la clausura de todas las demás razones. Había que terminar. Decir adiós y romper. Así se lo había pedido ella por teléfono algunas noches atrás, le había hablado de estaciones y temporadas, de ciclos naturales y órbitas planetarias, fingiendo que hallaba sentido en esa abundancia de palabras inútiles, y al despedirse lo había invitado a Boulder para verse por última vez y discutir lo discutible: es decir, para terminar bien. Terminar bien, acabar bonito: otra vez, la idea había sido tuya, Serena. Acabar bonito como acababas tú, temblando entera, apresándolo sin miedo a hacerle daño y castigando su espalda. No siempre era así, por supuesto. ¿Cuántas veces llegaste a decir de ti mismo, falaz y presumido, soy un roble, sin faltar a la verdad? Fue así muchas veces allá lejos y hace tiempo, pero el presente era menos dadivoso con sus placeres.

Aquella noche, llegado a su destino, Ángel pensó en la mezquindad de Boulder, en la cadena de humillaciones de John Fante, mientras tenía a Serena frente a él, encima de su bajo vientre, exhausta y satisfecha, como si no estuvieran en esa ciudad universitaria sino en varios otros lugares a la vez, cada cual más exótico y sorprendente. Quizá se tratara del último lugar, que se parecía peligrosamente al primero: un espejismo sádico, cuya función era tatuar recuerdos en el hueso. La piel tostada de su barriga se veía lustrosa, pero Ángel ya no podía codiciarla. Serena se destrabó, se acomodó sobre sus propias rodillas, avanzó un poquito hasta ponerse sobre la barriga de él y le clavó los ojos. Entonces sintió el huevito caliente, el chorrito de gel que resbaló desde la conchita de ella y cayó sobre su piel, escalofriándola. Un copo de nieve, el primero del temporal. El hálito de su cuerpo esbelto permaneció rodeándolo incluso después de que Serena se hubiera puesto de pie para ir al baño.

—Cara de nube —la motejó para sus adentros—. Si fuéramos indios, ese nombre sería el tuyo, porque tienes los ojos color de tormenta.

Enternecido con su propia ocurrencia, se levantó del futón con cierta dificultad. La penumbra tenía un solo defecto: la lámpara de lava arrojaba un débil fulgor celeste. Pasó, tambaleando, frente a la ventana y avistó fugazmente, pero no vio a ninguno de los patos centinelas que a esas horas estarían escondidos entre los juncos de la laguna. Entró a la habitación y se dejó caer sobre la cama. Al rato ella se le unió, se deslizó a su costado y trenzaron las piernas. Permanecieron allí largo rato sin hablarse. Era lo único que podían hacer y era, también, un suicidio por omisión. Serena debió de percibir que los esporádicos bufidos de Ángel delataban un proyecto amordazado. Ángel descartó varias veces la posibilidad de ventilar su último plan, que obedecía a las premisas de perseguir y destruir. ¿Qué era lo que debía extirpar de su cuerpo para que ella accediera a prolongar la relación, aceptara concederle una muerte más amable y paulatina? No importaba cuán profundo fuera el obstáculo, él llegaría hasta la médula y lo destruiría. Su voluntad era un misil teledirigido por la necesidad de agonizar sin término. Había hecho cosas más difíciles que esa. Pensándolo bien, no sería nada complicado detectar al intruso, coger la cámara y perseguirlo por callejuelas burdeleras, seguirle la pista por más veloz que el intruso fuera y acorralarlo frente a un paredón, dispararle sin piedad y congelar su alma. Mandarla, ahí nomás, al infierno. Podría funcionar, era posible, si lo intentaban una vez más. Considerándolo en frío, no funcionaría, pero el fracaso garantizaba la supervivencia, más allá del absurdo compromiso oficial del noviazgo, de esa última vez que podría repetirse indefinidamente. Por lo menos, hasta que diera el cuerpo en su carrera circular.

Ángel deseaba resistir. De otra manera, no quedaría rincón alguno donde guardar la fe. Porque tú me habías tenido fe, en algún momento y en algún lugar, y quizá por eso fue que te animaste a construir ese ridículo santuario de las metamorfosis que anidaba en una esquina del departamento. Era una mesita que fungía de altar, sobre la cual mi Serena, sus ojos transformados en flamas negras, había dispuesto, a lo largo de una tarde de vino y carcajadas, un mantel amarillento, como se suponía que debía ser el desierto mexicano. Encima de él había varias casitas hechas con palitos de helado pintados y pegados. Allí, entre las casuchas de la barriada, habías colocado los muñequitos, todos cosidos por ti misma con retazos de tela y lanas de colores. Era imposible no distinguir a los narcos armados con metralletas de cartón, a los terratenientes de látigo, bigote y sombrero, a las beatas con diminutas lágrimas de perla que rodaban por sus mejillas. Sin duda era más perfecto y necesario que la Torrecilla de allá abajo, la de allá afuera. La cámara que mi muñequito sujetaba era verosímil, parecía una tabletita de galio reluciente que yo alardeaba ante el mundo, cual trofeo que certificaba el valor de mis entrañas de inmigrante: visitante legal, eso sí, pero extraño como el que más. Era así, ¿lo recuerdas?

Cómo olvidarlo, y cómo olvidar además que a estas alturas toda fe se había escabullido. Resultaba irónico discutir el futuro, dándole la espalda al recuerdo tan vívido de la última visita. El hecho había ocurrido algunas semanas atrás, también en Boulder. Para entonces, Ángel llevaba poco más de treinta días viviendo fuera de los Estados Unidos. Nada fuera de lo predecible: aquello sucedía porque actuabas sin avisarme, imponías tu deseo autista, destruyendo otros planes que no habías colaborado a imaginar. Inevitable actuar así, tomando en cuenta que su misma forma de desear padecía un autismo severo, orgulloso y avergonzado a la vez, ambivalente como los delirios del hombre del subsuelo. Una tarde de sábado en la que su ansiedad consustancial se negó a aflojar las garras, Ángel compró una botella de Maker's Mark y tomó el bus nocturno para cruzar la frontera. No deseaba embarcarse, era consciente de la inutilidad y el ridículo, pero acudió puntualmente a la Estación Central de Torrecilla. No había escrito ningún e-mail para alertar a Serena de su inminente irrupción, ni menos se le había ocurrido llamarla por teléfono, porque si hubiera cometido ese error ella habría recurrido a la amenaza lógica, que ya le era conocida: viniéndote para acá conseguirás que lo que temes se haga realidad, producirás lo que buscas evitar. La intensidad será transferida del remedio al mal, con saña cancerosa. ¿Qué buscaba él? Nada claro ni preciso. Pasó la noche en vela, echándose sorbos furtivos para domar el deseo de desaparecer. El alcohol le brindaba una presencia, una compañía más humana que la que podían ofrecerle las personas, porque gracias a sus vapores, las tenazas del cangrejo que habitaba en su estómago perdían encono, se transformaban en ventosas, aunque nunca se soltaban. Se presentó en el departamento de Serena a las siete de la mañana. Se apostó debajo de la escalera, aguardando que ella saliera para abordarla y humillarse. Sabía que si tocaba la puerta, ella observaría por la mirilla y se negaría a abrirle. Mejor era esperar durante dos horas, escuchando el ruido de los pasos que se perseguían al interior del recinto, dejando madurar el instante perfecto. Había que pulir al máximo las circunstancias de la entrevista. El instante llegó cuando Serena salió cargando una canasta de ropa. Su mirada no reveló sorpresa, contuvo más bien una íntima confirmación. La decepción no formaba parte de aquel malestar. Pasó de largo, amenazándolo vagamente con llamar a alguien, no dijo a quién, pero Ángel pensó en la policía. Se dejó seguir sin atender disculpas ni justificaciones y se encaminó, sabatinamente, a la lavandería. Clavado afuera, por la ventana, Ángel la vio hacer, alimentar con prendas el estómago de la máquina, verter el detergente, introducir los quarters. Entonces se fijó, sin darle importancia, en que algunas prendas blancas tenían manchas rojas, enormes lunares como un revoltijo de murciélagos que quizá fueran los rastros de una jornada de pintura. Cuando ella salió, hicieron en silencio el trayecto de vuelta al departamento. Antes de entrar, Serena anunció que más tarde saldría a patinar a la orilla del río y que esperaba no verlo allí cuando regresara, pues de lo contrario se vería obligada a hacer esa llamada. Ángel obedeció pero tuvo que permanecer deambulando por el vecindario hasta la noche, esperando la partida del bus que lo devolvería a México. Ahora recuerda que el estilo asumido por las horas para encadenarse a su alrededor, durante aquel día irrecuperable, le otorgó un concepto nuevo de la aridez.

—Como una bandera —pensó ahora, solo en la noche boulderita, tratando de penetrar en los ojos cerrados de Serena—. Esa sábana, una bandera sangrienta, cuyas gotas y manchas como un revoltijo de murciélagos habían sido imaginadas previamente, y dibujadas en armoniosa estructura, la estructura de aquellos calculados símbolos de la nación donde, esta noche, me toca acuartelarme y resistir. Aguantar, como sea, hasta el final.

A la mañana siguiente descubrió, con extrañeza y felicidad absolutas, que Serena le había preparado el desayuno. Una ensalada de fresas y kiwi, un sándwich de jamón y pimientos, tres galletas de avena y una taza de café con leche lo esperaban sobre la mesita japonesa de la sala. Podía contar con los dedos de una mano las veces en que su novia le había preparado alguna merienda. Desayunaron arrodillados frente a frente, escuchando un disco de Vinicius Cantuaria. Poco antes de las ocho, mientras sonaba Sutis diferenças, Serena salió a trotar como todas las mañanas. Cuando volviera quería encontrarlo bañado y cambiado para salir, pues habían acordado que la acompañaría al trabajo y que después almorzarían juntos, codo a codo, como el patrón y su empleado.

—Adoro que me saquen a pasear —le había dicho Ángel.

Cada vez que Serena mencionaba su trabajo, o algo que guardase relación con la esfera del sudor y la disciplina, Ángel esbozaba una sonrisa sarcástica que al segundo procuraba esconder. ¿Tú, trabajar? ¿A quién intentas engañar, preciosa? Alguna vez se había lanzado a bromear sobre aquel asunto de la opulencia parasitaria, pero solo había conseguido despertar la furia de su novia, cebada por la vergüenza de saberse descubierta. Hoy en día las protestas risueñas de Ángel le pertenecían al silencio. La innoble verdad era que Serena no necesitaba trabajar, ya que su padre, un próspero empresario agroexportador, le enviaba desde Lima una cantidad mensual que cubría holgadamente sus gastos. Dicho de modo más vulgar, los espárragos blancos producidos y envasados por su padre, que se vendían en todos los estados del país, le llenaban el buche a la hija única del potentado, patriarca de los florecientes desiertos pisqueños. El resto del dinero, destinado a los gastos que él llamaba frívolos y ella imaginativos, lo reunía diseñando pósters publicitarios para conciertos. Play money, en otras palabras. Su última obra, que exhibía un pulpo multicolor, anunciaba la presentación de Flaming Lips en el Fillmore Auditorium de Denver. Quién sabe si fue porque le cayó en gracia a alguien, pero le habían pagado trescientos dólares, además de regalarle cinco entradas que la artista distribuyó orgullosa entre sus amigos.

Cuando regresó de trotar Ángel la esperaba listo para acompañarla en su diligencia. Decidieron caminar hasta el centro, donde quedaba la tienda de pósters que le hacía los encargos. Un sol invernal invitaba a salir después de varios días de nevada.

Para llegar a la calle Pearl, un céntrico boulevard peatonal que los había visto beber incontables cervezas con los compañeros del Departamento de Español, tuvieron que atravesar los extensos jardines del campus, salpicados aquí y allá con parches de hielo y ángeles de nieve que al remontar la temperatura se convertirían en charcos de sanguaza. Una laguna en forma de riñón, que se congelaba entre diciembre y febrero, acunaba el edificio donde estaba el departamento de Serena, uno de los tantos que conformaban la ciudadela universitaria. Tres años atrás, había sido en uno de esos edificios de laja rojiza, imitaciones de villas romanas, donde se habían conocido ellos dos, ambos extranjeros, ambos limeños recién llegados, deseosos de especializarse en literatura del Siglo de Oro: él, en la poesía de Villamediana; ella, en el teatro de Lope de Vega. Poco quedaba ya de aquellas inquietudes, restos de un pasado cuyo recuerdo causaba cierta incomodidad que era preferible no atizar, labor que tanto Ángel como Serena cumplían admirablemente y, lo más significativo del asunto, sin haberse puesto de acuerdo.

Poster Scene, ubicada en Pearl, era literalmente un callejón sin salida, un recinto estrecho y profundo cuyas paredes de ladrillo lucían afiches de un tornasol deslumbrante. Mientras Serena hablaba con el dueño del establecimiento, Ángel se fijó en un póster que mostraba el rostro de un anciano, un semblante de piel azulada y surcada de arrugas. Los ojos del hombre parecían perdidos, desenfocados, como si su dueño estuviera soñando despierto. En la parte inferior del póster unos caracteres góticos rubricaban: «Frozen Dead Guy Festival, Nederland, March 4-7». Creía haber oído ese nombre, Nederland, en otro lugar, aunque no podía recordar dónde ni cuándo.

—Te vas a morir —lo distrajo Serena, mostrándole un par de tickets: sonreía—. Dos entradas para el concierto de Modest Mouse, esta misma noche en el Red Rocks. Fila diez, a un paso del escenario. ¿Vamos?

—Como tú digas. La verdad no conozco a ese grupo.

—Para que te hagas una idea. Hace años los vi tocar en el Boulder Theater. En determinando momento, el vocalista anunció a la audiencia, secándose el sudor, que acababa de sufrir un ataque cardíaco y ahora estaba muerto. ¿Cómo hacíamos los denveritas para sobrevivir a tantísimos metros de altura? No importa, dijo él; si ustedes viven aquí, mi cadáver seguirá tocando hasta caerse. ¿Qué te parece?

—No sé... —balbuceó Ángel, cazando desesperadamente alguna observación amable, ya que el comentario de Serena no le había parecido demasiado agudo. Esto último, claro está, no podía decírselo.

—Ya sé —añadió ella—, quejarse de la altura no es nada original; es un tic de todas las bandas que suben a Colorado. Lo que me gustó de este grupo en particular fue lo de los muertos vivientes que siguen tocando. Cómo decirlo; su aporte está en el gesto de no rehuir, sino de enrostrar con valentía y agudeza, el cliché más estéril de todos. Exagerar el lugar común, desfigurarlo, revertirlo, añadirle un dato nuevo, dar vueltas a su alrededor y mirarlo desde otro ángulo, he ahí lo que me gusta de ellos. ¿Comprendes ahora?

—Tal vez —recordó Ángel: era un recuerdo antiguo—. Tú serías el mar, y yo la ría avasallada por tu empuje.

Ella lo miró perpleja:

—Ajá. ¿De qué estás hablando?

—No es nada. Mi memoria está de lo más loca.

Almorzaron hamburguesas en una cafetería de la universidad. Serena siguió explicándole la personalidad singular de Modest Mouse, mientras Ángel se repetía sin cesar que esa facilidad, esa ligereza, deberían ser propiedades esenciales de la realidad. Después del capuccino, ella quiso dar un paseo por la orilla del Boulder Creek, así que se demoraron una hora más en volver al departamento. Una vez allí, ella entró al baño para ducharse mientras Ángel grababa sus fotos de Torrecilla en la computadora. Escuchaba el chorro del agua cuando sintió el ramalazo de lo inevitable. Siguió mirando las fotos un rato más, ignorando la inmersión en el proceso, pero Serena tardaba en salir del baño y, en un momento determinado, él tuvo que ceder. Se puso de pie y, andando con cautela, empujó la puerta y entró. La silueta se transparentaba detrás de la cortina. Sin hacer ruido, Ángel se quitó la ropa y dio unos pasos hacia la ducha. Ella cerró la llave y el chorro abundante dejó de brotar.

—¿Qué estás haciendo? —le preguntó, asomando la cara.

Ángel dio un paso más.

—Sal de aquí. Lo hicimos anoche. No me digas que quieres más.

—Nada ha cambiado —murmuró él.

—Absolutamente. Sigues siendo un adicto. ¿Qué pasa, acaso las mexicanas no te hacen caso? Por favor, vístete y déjame sola.

La esperó afuera del baño. No sabía exactamente lo que haría a continuación, nunca podía saberlo, a pesar de que las opciones eran siempre limitadas. Solo tenía conciencia de estar esperándola por alguna razón concreta y oscura, aunque apremiante. Estaba sentado al borde de la cama, observando fijamente la puerta, todavía desnudo, pero no sentía vergüenza. El sudor nacía de sus axilas y bajaba por ambos lados de su tronco, como dos cascadas gemelas, imprimiendo surcos fríos en cámara lenta. Serena salió envuelta en una toalla roja; apenas lo vio sentado allí, quedó inmóvil. Él se incorporó con gran aplomo, se plantó delante de ella y escrutó sus ojos color avellana. Luego bajó la mirada, alzó la mano derecha y la abofeteó sin mucha fuerza.

—Nunca debimos estar juntos —reflexionó ella—. Será mejor que te tomes tu tiempo, porque esta será la última vez.

Como una yegua adormilada, se dejó tomar de la muñeca y llevar hasta la cama.

Un cadáver inconstante que toleraba sus noches bajo tierra, incluso las disfrutaba, siempre a la espera de esos instantes luminosos que tejían tu mundo al revés: para ti, el sexo era una forma de resucitar; a los ojos de Serena, era cosa de aguantar la respiración; para ella, tener relaciones era dejarse llevar, mientras tú, luminoso y liberado, te transformabas en el lazarillo de una expedición sin destino, un viaje circular que, por lo general, no tardaba en devolverte a tu tumba. De esa oscuridad solo dos fuerzas podían liberarte: la primera era el sexo, y la segunda era Serena. La aventura clásica, la que brindaba su textura esencial a la relación, ponía en escena un cuerpo muerto que, tras ser arrancado de su reposo eterno, era arrastrado sin rumbo por obra de un prodigioso imán, una mano segura que le echaba al cuello una cadena de púas y lo jalaba como a un perro que ignora a dónde va, dictados sus pasos torpes y golpeadas sus patas duras por la misma dueña que gobernaba los mapas y determinaba imprevistas escalas, durante las cuales se solazaba dibujando sobre la carne fría de su muerto personal. Eran diseños estrambóticos, caricaturas de un barroquismo espeluznante que recorrían entero el lienzo del cadáver, cuyos ojos leían su propia piel como un titilar de luces que viajaban sobre las paredes de una cámara circular, un recinto sagrado al que solo reflejos de la vida y proyecciones del mundo externo ganaban acceso: sombras, vestigios, señales de humo que remitían a otra lengua y otros hábitos, los que definían la conducta incomprensible de la carcelera, dibujante y oráculo que le hablaba en silencio, mascullándola para sí misma.

—Parece que tengo que aclararte ciertas cosas. En primer lugar, si te dije que vinieras hasta acá, después de la cagada que pasó la última vez, no fue para caer en lo mismo de nuevo. Contigo me pasa algo, una vaina extraña que me hace desconocerme. Me dejas sin salida, me transformas en alguien que no quiero ser, en la única mujer que podría funcionar al lado de alguien como tú. Si la piensas, puede que ahí encuentres algunas respuestas. En mi caso, ya ni loca la pienso más, hemos comprobado que es así y que lo será siempre, como un electrocardiograma. Una vida de picos y caídas, que sube tanto como después caerá, para luego volver a subir, y así hasta que nos tumbe un infarto. Nuestra relación fue mítica, y yo creo en la historia; quiero seguir creyendo, también, en esa fábula que nos la pinta como maestra de la vida. A veces necesitamos olvidar para seguir viviendo; quiero decir, sin fantasmas en la conciencia, esos fantasmas glotones que te van royendo la mente, hasta acabar con ella y emprender, al quedarse sin alimento, su guerra caníbal. En otras palabras, corazón, renuncio a ser la odontóloga de tu alma, título que me otorgaste alguna vez, soltando toda la huachafería que llevas dentro. Lo que se estanca, se pudre y hiede. Espero que por fin haya quedado claro.

—Clarísimo. No tienes que repetirlo diez mil veces.

—Créeme, diez mil son muy pocas veces. En fin, pasemos a lo que realmente importa. La razón de fondo que justifica tu presencia. Porque, te lo advierto, si piensas en esto como una despedida romántica, el final emotivo y conmovedor de una historia de amor, es mejor que vayas zafando. Yo no pienso en finales, más bien imagino tu llegada como el pórtico de una aventurita perfecta, con su inicio, su medio y su final. Termina la aventurita, nos despedimos y adiós; el final de la historia es el final de nuestra historia. Quiero meterme en algo y que tú me ayudes, porque pese a tus tristes limitaciones, sí te considero capaz de comprender esta forma de diversión, y de intuir a dónde va. Quizá te hayas enterado del caso, aunque conociendo tu mínimo interés por los acontecimientos del mundo real, es mejor que te lo cuente. Pasó, y la verdad sigue pasando, cerca de aquí, en un pueblo de montaña llamado Nederland. Manejando se puede llegar en treinta minutos; cuando lo supe me sorprendió que nunca lo hayamos visitado. Entiendo que hace un siglo solía ser el enclave minero de una compañía holandesa, de ahí el nombre. Es un sitiecito muy aldeano, incluso rústico, aunque para los estándares gringos, tal vez porque reúne a la mayor colonia de hippies de este país. Te estoy hablando de hippies cochos, de vejestorios humanos, que por algún motivo se congregaron en ese cantón de las Montañas Rocosas para sobrevivir. Para resistir en su ley, sin ser molestados por la violencia del tiempo. Nederland es una burbuja, si quieres verlo así, un último baluarte, donde nunca pasa nada, un refugio campestre, apartado del mundanal ruido. En estos tiempos menos de dos mil almas lo habitan. Sin embargo, en los últimos tiempos, la paz reinante se ha visto interrumpida por una serie de extraños hechos de sangre que parecen no encajar, que nadie entiende realmente, y menos la policía, por supuesto.

—¿Hippies asesinos? No me interesa, pero intuyo que seguirás contándome.

—Dorada intuición la tuya. Como te decía, Nederland Yard está en la Luna. El primer cadáver lo encontraron el seis de enero de este año, en un pinar junto al riachuelo que corta en dos la localidad. Era un patita de ahí, un pobre cartero al que todos conocían, y que, según declaraciones de los pobladores, jamás tuvo ningún altercado con nadie. Ahora, presta atención: el cuerpo había sido «preparado» de un modo escabroso. Bien sabrosón, por decirlo así. Le habían cercenado la pinga y los huevos, y se los habían embutido en la boca. La muerte había sido causada por un balazo inapelable, en pleno tercer ojo. Tenía la piel raspada, arañada, como si muchas personas se hubieran divertido demasiado con él. Total, que el infeliz estaba todo descalabrado. El detalle más peculiar, el que ha generado toda clase de especulaciones, cada cual más delirante, es que los genitales no habían sido cortados limpiamente, como podría haberse hecho con un cuchillo bien afilado, de un solo tajo. Más bien, ha trascendido que los huevos habían sido jaloneados, arrancados, desgajados, usando una herramienta más precaria y torpe, más bárbara, si tú quieres. Algunos llegaron a decir que a ese hombre le habían desgarrado los huevos a mordiscos. Imagínate eso, por favor. Ante un caso de semejantes características, la reacción del público no se hizo esperar. El Nederland Times cubrió la noticia como lo habría hecho cualquier periódico del mundo, escandalizándose del atroz asesinato y confirmando, para la serenidad de los lectores, que la policía estaba trabajando para esclarecer el misterio. Por supuesto, esta visión de las cosas es una deformación, disimula lo que sintió el populacho. La reacción de la gente fue muy especial, pero antes de revelártela debes saber que hace poco, el día seis de febrero, ocurrió el segundo asesinato.

—O sea, treinta días después del primero.

—Andamos bien en números. El seis de febrero, hace apenas dos semanas. La víctima fue un chico que atendía en una tienda de víveres y que, al igual que el cartero, era un vecino conocido. Un don nadie. El modus operandi fue exactamente el mismo, con castración y todo el rollo. Lo encontraron en una de las zonas pauperizadas de Nederland, que son varias, y que al parecer ni siquiera cuentan con calles asfaltadas. La reacción del diario fue la misma. Felizmente para nosotros, una voz alternativa se dejó oír. Pocos días después del hallazgo del segundo cuerpo, postes y paredes amanecieron empapelados con carteles que contenían un mensaje firmado por un personaje que, observa tú la linda coincidencia, se llamaba a sí mismo «Misti Layk'a, el Ángel de la Justicia». Interesante expresión quechua, ¿verdad? Sobre todo por lo contradictoria. El mensaje anunciaba un evento a ser celebrado un mes después, es decir, los primeros días de marzo. Debes saber que, justamente en esos días, tiene lugar el festival anual de Nederland, que según he podido ver es una especie de carnaval locazo. Visitantes de todos los rincones del país viajan a Colorado por esas fechas. Los carteles anunciaban al transeúnte desprevenido que, durante la celebración de este año, acontecerá algo singular. El susodicho Misti Layk'a de aquellos afiches afirmaba mantener cautivo, en alguna madriguera, al mismísimo asesino de los huevos arrancados; decía haberlo capturado por sus propios medios, en circunstancias que preferiría no explicar, y que estaba dispuesto a exhibirlo en público en alguno de los múltiples desfiles callejeros que se organizan cada año con motivo del festival. Piensa en un freak show criminal, o alguna huevada por el estilo. El ángel andino sostenía, además, que si había decidido no entregar al asesino a las fuerzas del orden, era porque esos cerdos infectos le darían un tratamiento prosaico, una recepción legal, cuando lo más adecuado, desde su punto de vista, era ofrecérselo al público asistente para que el pueblo, unido, determinara el castigo más justo. ¿Un linchamiento popular, quizá? Claro está, solo podrían juzgarlo una vez que los pormenores del caso fueran ventilados; a saber, la técnica empleada para la preparación de los cadáveres, así como los móviles del asesino. Todo se mostraba dispuesto a revelarlo este ángel justiciero, quien asertaba, además, que obraban en su poder documentos probatorios en ese sentido. Qué documentos podrían ser, no tengo la menor idea. El mensaje terminaba invitando a todos los pobladores a participar de la efeméride, y añadía que si una promesa como la suya podía despertar alguna suspicacia, la única forma de saber la verdad era estar ahí y ver, comprobar con ojos propios si el querubín mentía o no. Conque mira tú, desde que leí sobre este caso en la prensa, me convencí de que nosotros dos no podemos faltar. Como te dije, Nederland está muy cerca de aquí y el festival está a punto de iniciarse. Es tan fácil como alquilar un auto y manejar hasta el sitio. Ángel, tenemos un caso pajísima entre manos. Seríamos unos aburridos y unos cagados si desperdiciáramos esta fabulosa oportunidad. Además, ya fue demasiado con faltar al concierto de Modest Mouse. Te perdoné esa, pero la de ahora sí que no, tenlo por seguro. En algún momento pensé en ir sola, pero después se me ocurrió que a ti también podría interesarte. Creo que no me equivoqué. ¿Preguntas, dudas, reacciones?

—Supongo que no me queda otra opción que seguirte. Solo tengo una inquietud, cuya naturaleza adivinarás.

—Olvídate. Ya sé que vives en la pobreza. No te preocupes por eso, it's all on me. La próxima vez tú invitas.

—¿Entonces, habrá una próxima vez?

—Ni lo sueñes, querido. A veces hablo por hablar. Podría decirte que sí, que quizás, pero no soy tan hija de puta. Así que no habrá una próxima vez. Esta es la última oportunidad, la tomas o la dejas.

¿Cuántos segundos demoraste en aceptar? Aquello era ridículo, el estúpido caso podría interrumpir lo que habías venido a hacer, pero dijiste que sí. No tuviste que pensarlo dos veces. Tus poderes de negociación habían sido, desde un inicio, tradicionalmente escasos. La explicación era sencilla. La metáfora del cadáver andante y lujosamente decorado llegaba con su teoría. La pasividad, la entrega radical a los deseos de Serena, solo podían ser el fruto y la réplica de la escena inicial de la relación, en la que él se había arrojado con la disponibilidad absoluta del mancebito peregrino que se encuentra sumergido en una depresión profunda y, hallándose en ese estado, remanece una mañana cualquiera en los socavones de una megalópolis desconocida. El alma caritativa que se atreva a ofrecerle un lecho y una merienda a semejante viajero se convertirá, de inmediato y perdurablemente, en la dueña de ese cuerpo baldado, de esa avidez que no cesa y se refuerza de gratitud y termina devorando la voluntad de su anfitrión, pronto transformado en cautivo y sirviente.

—Ni se te ocurra esperarme despierto —le había advertido Serena antes de salir: sombras retintas, un vestido fantasmagórico y elevadísimos zapatos de tacón formaban parte del disfraz. Un hada nocturna, se dijo Ángel. La amiga aquella se casaba con algún incauto: se trataba de esa chica húngara que siempre desconfió de Ángel por razones que empezaban en su imperdonable juventud y alcanzaban, fácilmente, lo inconfesable, así que lo sensato era presentarse a la ceremonia sin parejas incómodas. Importaba muy poco, él siempre se había aburrido en esta clase de eventos. Acudir al casamiento de una mujer cargada de odio no tenía el menor sentido desde ningún punto de vista.

Serena se despidió con un beso rápido que Ángel encontró casi involuntario, un beso arrepentido de sí mismo. Como el gesto traicionado de preguntarle si quería que le preparase la maleta, pues al día siguiente partían muy temprano hacia Nederland y, conociendo su amor por la improvisación, temía que si lo dejaba a su cuenta y riesgo terminaría juntando dos trapos sucios a última hora. Ni siquiera le había dado tiempo de aceptar o rechazar esta oferta inesperada. Había empezado a hablar de otra cosa con entusiasmo exagerado, como si quisiera escribir encima de sus propias palabras: palabras rezumantes de una amabilidad comprometedora.

Ángel permaneció alerta hasta las cuatro de la mañana, tras una maratónica sesión de Miles Davis que derivó en el hastío. Era esperable que en los últimos tiempos, en la temporada de la agonía, le costara dormir, pero no se le escapaba que la pieza central de aquel insomnio era el viejo terror del celoso profesional. La sensación de inminencia que gavilaneaba alrededor de su cabeza fue cediendo lugar a un sopor que encontró bienvenido y, afortunadamente, creíble para cualquiera que entrase y lo viese tendido en la cama. Se habría metido en graves aprietos si ella lo hubiera encontrado con los ojos como platos o simulando dormir, fingiendo sin arte, delatándose por el ritmo acelerado de su respiración.

No la sintió llegar. A la mañana siguiente Serena despertó a medias. Un fantasma drogado, jinete de un poderoso aliento etílico, la suplantó durante el desayuno de café negro y barritas de cereal. Fue Ángel quien debió pedalear en la bicicleta hasta el local de alquiler, conseguir el Chevrolet Impala negro y volver al hogar, agradecido de haber burlado una isquemia verosímil. Nadie más que él preparó el equipaje de ambos viajeros, cargó la maletera y ocupó el sitio del conductor. Cuando encendió el motor, ella dormía acurrucada bajo una manta, el cuerpo vuelto hacia la ventana y la cabeza apoyada contra el vidrio: lo evitaba, incluso sin ser consciente de que lo hacía. Partieron después de las siete, pero todavía estaba oscuro; la luz no acabaría de instalarse hasta pasadas las ocho.

El conductor y su pasajera dormida siguieron la avenida Canyon hasta su final y empalmaron con la carretera 119, que se internaba en las montañas. Era la ruta que serpenteaba y ascendía hacia las alturas del estado, aquella región que, en la imaginación de los nativos, resumía lo áspero y lo salvaje, y explicaba y justificaba la existencia de Colorado: territorio de minas antiguas y agotadas, reemplazadas hoy por resorts de lujo con pistas de esquí, infinitos senderos de hiking, circuitos de bicicleta montañera, parques nacionales para los admiradores de la vida salvaje. A pesar de la hora, el primer trecho de la carretera a la salida de Boulder se hallaba tomado por casas rodantes, ciclistas que pedaleaban con ira para derrotar la pendiente, escaladores que aparecían de pronto sobre la cara azafranada de las laderas, familias que habían armado carpas a la vera del Boulder Creek, que a medida que subían iba tornándose más torrentoso. El ascenso fue dramático; atravesaron un túnel labrado en el estómago de la piedra; pocos minutos después, las curvas se hicieron más cerradas, los cerros se agigantaron sobre la carretera y el paisaje humano dejó su lugar a un denso y opaco boscaje de pinos, entremezclados con esqueletos de sal: los desnudos álamos temblones.

—Princesa, estoy prendiendo la calefacción —le informó sin obtener respuesta.

Veinte minutos más tarde llegaron a un mirador. Ángel bajó del Impala, dejando a Serena envuelta en un sueño persistente. El mirador era una orilla de cascajo que contaba con bancas metálicas y un murito de piedra que protegía a los curiosos del vacío. Allí empezaba el golfo de viento. Ángel ocupó una banca, prendió un cigarro y observó el núcleo del panorama boscoso. Cientos de metros más abajo, en el centro de una sábana verde oscuro, se apretaban las alquerías de un pueblo en miniatura que debía de ser Nederland. Muchas de ellas contaban con paneles solares en los techos. Ya la luz de la mañana había remontado la cordillera y las minúsculas edificaciones centelleaban como una galaxia de metal.

Un recuerdo lejano lo asaltó. En su adolescencia Ángel había recorrido la Carretera Central, camino a Huancayo, y había hecho un par de viajes al Cuzco. La visión que ahora se desplegaba lo hacía pensar en algún pueblo altoandino, perdido en alturas recónditas, pero la profusión de pinares que vestían cada palmo de las quebradas deshacía toda ilusión de peruanidad.

Ángel oyó el ruido de la puerta al abrirse y volver a cerrarse. No miró atrás, pero pudo escuchar los pasos lentos y desgarbados de la sonámbula, que se desplazó por la gravilla. Serena se dejó caer a su lado y avanzó una mano temblorosa, separando los dedos. Ángel insertó entre ellos el cigarro y le preguntó, como quien no quiere la cosa, qué tal había estado el matrimonio. ¿Habría conocido a algún soltero maduro y cosechable?

—Estamos en Ned —informó ella, obviando la insinuación—. Parece la sierra, ¿no?

—Ah, lo mismo pensaba yo. Pero faltan demasiadas cosas.

—Yo diría que sobran. Pasa que esas no las ves, y más bien recuerdas lo que aquí no hay.

Ángel la calibró un momento, y concluyó que era una corrección exacta. Sin embargo, se abstuvo de admitirlo:

—No sé, puede ser. Aquí tú eres mi Felipilla.

—Un poco maltrecha, pero viva, y eso es lo que cuenta. En fin, quiero esquiar un toque. Si torcemos a la derecha llegamos en diez minutos a Eldora.

Ángel le quitó el cigarro de los dedos, se benefició con la última pitada y lanzó el pucho con un despectivo arabesco de la mano. Luego, con insondable regodeo, dijo:

—Como ordene la experta. Perdona, ¿dijiste «torcer»?

— Sí. ¿Qué? No sé. Creo que sí, ¿por qué?

—Tranquila, no es nada. Sospecho que has pasado demasiado tiempo en este país. Ya ni siquiera puedes ver lo que falta.

—No me jodas, huevón.

—Lo siento, es así.

—En conclusión, nos complementamos.

—Tú lo has dicho. Qué idea más espantosa, ¿verdad?

El rústico cartel de madera, clavado en un altozano de nieve, parecía haber sido dibujado por la mano segura de un niño talentoso. El mapa representaba una montaña pintada de blanco, recorrida por un laberinto de pinitos que cercaban los diferentes senderos de esquí. Después de alquilar el equipo necesario, Ángel y Serena se separaron para seguir cada quien el rumbo que se le antojara. Ella había estudiado el mapa antes de trazar su itinerario; él había elegido al azar un desvío cualquiera y se había lanzado sin pensar, para luego asumir un nuevo desvío y al rato otro más, hasta perderse. El esquí, deporte popularísimo entre los habitantes de Boulder, estaba lejos de ser su pasatiempo favorito, y cada vez que se veía forzado a practicarlo, lo inundaba una sorda frustración que se manifestaba en estas perdidas voluntarias. Lo único seguro era que estaba ganando altura, pues antes que deslizarse le había tocado remar con violencia, avanzando a penas obreriles por aquellas pistas de nieve encerradas entre hileras de árboles.

A cada tanto ganaba un modesto tobogán y podía alzar los bastones, acomodarlos bajo sus axilas y encoger el cuerpo para dejarse ir. Pero apenas una ligera brisa rozaba sus mejillas, ya era necesario volver a remar. Se cruzó con tres esquiadores profesionales que sí llevaban la elástica indumentaria requerida e inspeccionaban sorprendidos su jean y su casaca gris. Uno de ellos lo vio tropezar y caer de modo más bien espectacular, rodando fuera de la pista hacia la barrera de arbustos, y ofreció su ayuda para rescatarlo. Gracias, no pasa nada: estaba todo fríamente calculado. Ángel se incorporó como pudo y, cortado, le gritó que se encontraba bien.

No debió fumarse ese cigarro al bajar del auto. El aire de la montaña raspaba sus pulmones. Sus tobillos, maltratados por las botas, se quejaban con ardor. Tuvo que detenerse varias veces para reposar, sentado sobre piedras y troncos caídos. Ya no veía a otros esquiadores. El viento mordía su piel, azotándolo con ráfagas de esquirlas de hielo, signo de que había alcanzado una altura considerable. Serena debía de andar por otras regiones del laberinto, pues no se había topado con ella ni una sola vez, aunque por un momento creyó entrever la mancha naranja de su abrigo a través de las ramas. El cielo se había ensombrecido, y de nuevo empezó a espolvorear una nevadilla que iba y venía. De pronto, después de doblar por otro desvío, se enfrentó a una enorme roca bermeja que impedía el paso. Aquel debía ser el límite del circuito, aunque no había ninguna señal. Por fin, era hora de volver. Suspiró aliviado de pensar que el regreso lo haría de bajada. Volvió sobre sus pasos, echó el cuerpo hacia adelante y se deslizó como un halcón.

Agarró unas cuantas curvas, cogiendo cada vez mayor velocidad, hasta frenarse justo delante de un tobogán largo y pronunciado. Allá abajo, bastante lejos, se adivinaba una curva cerrada que era sensato asumir con precaución. Empuñando con fuerza los bastones, se lanzó al frente. El viento silbaba en sus oídos. Era verdad, estaba deslizándose, era más fácil de lo que habías pensado, más fácil de lo que nadie podría creer. ¿Qué dirían sus amigos de Lima si lo vieran ahora, convertido en un auténtico Ángel de nieve? Sus amigos de Lima, los únicos que vivían de verdad, los únicos que recordaban el significado de la amistad, palabra olvidada en los pueblos fantasmas del Lejano Oeste. Pensaba en estas cosas, se hallaba a la mitad del tobogán, navegando grácilmente, cuando alzó la mirada y, hacia el fondo, lo vio. Un golpe seco de su hombro contra el suelo cuajado, una rodada de varios metros, una maldición sofocada por el mullido impacto. Los bastones acabaron a un lado de la pista, una bota se le escapó del pie.

Se levantó jadeando. Se quitó la otra bota. Por fortuna, nada le dolía demasiado como para sugerir una fractura. Volvió a mirar, receloso y admirado. Ya no estaba allí. Era seguro que lo había visto cruzar, sobreparar un instante, quizá para observarlo a él, y luego perderse tras la curva. Era de estatura baja. Llevaba pantalones oscuros. Una especie de poncho de lana marrón lo cubría hasta más abajo de las rodillas. Lo más singular, lo último que había visto antes de caer, era la prenda que coronaba a aquella figurita peregrina. ¿Cómo darle otro nombre? Solo podía llamársele chullo a ese gorro multicolor, provisto de orejeras lanudas que no le impidieron comprobar la pigmentación cobriza de la piel de su dueño.

—Turistas idiotas, ya no saben de qué disfrazarse —pensó, recogiendo sus bastones. La explicación se bosquejó en sus labios con naturalidad, no había razón para buscar otra. Uno de los bastones se había quebrado por la mitad. Ahora tendría que regresar caminando y, además, pagar una multa en la tienda de alquiler. No tenía importancia, se había ejercitado lo suficiente por hoy. Mientras volvía, investigó con insistencia la espesura, preguntándose si aquel falso hombrecito andino se habría ocultado por allí. ¿Por qué lo buscaba? Quizá para decirle mírame, nada consigues con ese disfraz: aquí mismo, este que ves, este sí es un peruano auténtico.

Acordó consigo mismo que no le diría ni una palabra de este asunto a Serena. Si lo hiciera, ella querría volver, corretear, investigar, y él no estaba para esos trotes.

Callecitas de antaño, callejoncitos de tierra pelada que el invierno había mudado en lodazal, pero de barro duro, resbaladizo. Chabolas de madera con techos a dos aguas, chimeneas humeantes, colgaduras de carámbanos, montoncitos de leña acumulados en el jardín; la pintura de las paredes, desvaída y descascarillada, hacía pensar en involuntarios tonos pastel: el verde, el amarillo, el celeste, el naranja y, más de una vez, el rosado, eran los colores elegidos para decorar las cabañas que rodeaban el centro del pueblo, una placita llamada Wolf's Tongue Square. Por aquí y por allá, montículos de nieve sucia y compacta. Un hilo de agua que corría, moribundo, por el centro del riachuelo congelado. Una cortísima vía principal, la calle Uno, en la que destacaban escasos negocios con nombres pintorescos, de seguro atendidos por sus mismos dueños: el hostal Libertarian's Inn, el restaurante Wild Mountain Smokehouse, la cafetería Shining Star, la tienda de comestibles Natural Foods, la galería de arte local Mother Earth, la librería de viejo Iron Feather. Por último, para sorpresa de ambos recién llegados, una animación general, eufórica, que reinaba en las callejuelas de aquel pueblito montañés. Los visitantes se rozaban en las veredas, pasaban de largo en sus pick-ups, entraban y salían de los comercios. Se notaba que eran recién venidos, como ellos, por sus ropas citadinas, y sus gorras y polos deportivos que ostentaban escudos de remotos equipos de fútbol, béisbol, hockey.

Todo ello enclavado en el regazo de un valle profundo, escoltado por colinas que disparaban sus faldas alfombradas de pinos y asperjadas de casas con paneles solares hacia la inmensidad transparente de un purísimo azul.

—Bienvenida a la aldea de los pitufos matarifes —comentó Ángel, mientras paseaban por la calle Uno—. Toda esta gente debe haber venido por unos días, solo para el festival. ¿Se estarán quedando en otro pueblo?

—¿Te has fijado en que todos son viejos? —preguntó Serena—. Quiero decir, chequea a esos motociclistas sexagenarios, a esos rockeros de la tercera edad, disfrazados de sí mismos cuando eran jóvenes. Lo que antes era músculo, ahora es grasa, pero igual lo siguen mostrando. Las mujeres se conservan mejor, mira nada más qué culitos redondeados. Hasta da envidia.

—Seré distraído, pero no ciego. Con tantos tíos sueltos, la moderna infraestructura hotelera de Nederland debe haber colapsado hace rato. ¿Nosotros dónde vamos a dormir?

—Recién se te ocurre preguntar. Cómo se nota que, sin mí, pasarías tus noches bajo un puente. Hice nuestras reservaciones hace varias semanas. El hotel más antiguo y tradicional de Nederland tendrá el honor de contarnos entre sus huéspedes.

—A la mierda, no estarás hablando de ese Libertarian's Inn. Parece una choza.

Serena resopló; luego, alzando la voz y pronunciando cada sílaba con incisiva claridad, dijo:

—Precisamente, cariño. Es limpio, barato y céntrico, ofrecen agua caliente y desayuno gratis, ¿qué más quieres? A ver, sibarita, si en Torrecilla tienes todo eso. Dejemos las cosas rápido y salgamos a explorar.

—Más bien, yo votaría por darse un baño caliente y buscar un restaurante. Demasiado ejercicio en un día.

—Mírate nomás. Si das vergüenza ajena, tan ocioso y comelón. Está bien, me hablaron de un huarique. Se llama Óskar Blues. Si te gustan las costillas con salsa de barbacoa, es lo mejor que hay. Yo las detesto, pero igual te acompaño si quieres testearlas.

El Óskar Blues quedaba a tres cuadras del Libertarian's Inn, en la misma calle Uno. A cada lado del portón de madera crecía, impensadamente, un arbolillo de molle. Serena y Ángel se sonrieron ante esa pareja de guardianes andinos. Adentro la iluminación era mortecina; el sitio, polvoriento y ásperamente triste; un fondo musical country amenizaba el ambiente. Ángel encontró divertida, aunque nostálgica, la decoración del vestíbulo. Varias máquinas de pinball se alineaban contra las paredes, promiscuamente adornadas con fotografías de músicos famosos, jazzmen en particular. Habían pintarrajeado las máquinas con aerosol fosforescente, sin ganas de trazar figuras sino de atiborrarlas de color, y al parecer todas funcionaban. Una mesera pelirroja y regordeta, embutida en una camiseta ceñida, los condujo entre mesas de madera con espumarajos de cerveza y lamparones de aceite, casi todas despobladas, hasta una esquina al fondo del establecimiento. Los situó junto a una hilera de desproporcionados barriles de metal que llegaban hasta el techo, donde se almacenaba la cerveza de la casa. Ordenaron dos botellas, un plato de costillas de cerdo y una ensalada de papas, y observaron a la mesera alejarse, contoneándose desmañada en dirección a la cocina.

—¿Tú crees que vayan a matar al chancho? —preguntó Ángel.

Pasearon la mirada entre los comensales. No reinaba aquí la adrenalina de las fiestas. La mayor parte tenía aspecto de vivir en Nederland. Había algunas familias con niñitos y muchos hombres solos bebiendo cerveza. Una mesa larga los separaba de un grupo que se distinguía del resto. Era un trío compuesto por dos chicos jóvenes y un cuarentón pelirrojo. Eran rojizas su cabellera, una maraña de hilachas ensortijadas, y su barba cerrada y algo canosa. Los jóvenes parecían uniformados con sus jeans sucios, sus polos de color indefinible, verde grisáceo o gris verdoso, y sus gorras pasadas de moda, con rejilla de plástico en la parte trasera: gorras de campesinos, se dijo Ángel. Cuellos rojos de pura cepa.

El hombre mayor era bajo de estatura, presentaba una panza redonda y puntiaguda, y unos brazos delgadísimos, cadavéricos. Presa de una inmediata asociación, Ángel se sintió en presencia de un gigantesco insecto preñado. No se podía negar que vestía con cierto estilo: camisa de seda color granate, casaca de cuero beige, anteojos de grueso marco negro y lunas ámbar. A pesar de su manifiesta distinción, una escarchilla muy sutil calcaba las arrugas de sus hombreras. Este hombre escuchaba; su semblante comunicaba un profundo aburrimiento; era uno de los jóvenes con pinta de granjero el que tenía la palabra.

—So you like fishing —lo interrumpió el pelirrojo, animándose, irradiando unos ojos desmesurados.

Ninguno de los dos pudo entender la respuesta del chico. La voz del hombre se oía con claridad porque era grave y armoniosa.

—I enjoy a good hunt myself. Once a year, maybe. Up in Yellowjacket. You know what I like to hunt?

Serena le susurró que se fijara en sus platos. Los jóvenes tenían delante dos bandejas excesivas, coronadas por cerros de huesecillos. No había platos ni vasos frente al hombre pelirrojo.

—I shoot down Indians in Yellow Jacket. Not American Indians. South-American Indians. They use a name: cholo. That's how they call themselves. Don't get me wrong, I'm not talking about them fucking Chicano, Latino, Mexican motherfuckers. This prey comes from another world. It's the real thing.

Los oyentes asentían con entusiasmo, pero no dejaban de engullir su almuerzo, arrancando hilachas de carne con los dedos. En determinado momento, el hombre debió de hartarse de que le prestaran más atención a las costillas que a su historia. De un instante a otro les dijo:

—Please enjoy your dinner —y se levantó.

Empezó a caminar hacia la mesa de Ángel y Serena. Indudablemente venía hacia ellos, se aproximaba sonriente, con naturalidad. Ellos bajaron la cabeza, avergonzados, creyendo que se había dado cuenta de que estaban escuchándolo a escondidas. El hombre jaló una silla libre y, sin pedir permiso, se sentó. En ningún segundo dejó de sonreír, bamboleando la cabeza de rulos color punzó.

—Amigos —pronunció en español perfecto—, perdonen la intromisión. La historia es que los escuché hace un rato y soy bastante curioso. ¿De dónde es su acento?

—Qué buena oreja —contestó Serena, con un desparpajo que hizo ruborizarse a Ángel—. Nosotros somos peruanos.

—Amigos peruanos, qué maravilla. Han viajado mucho para estar aquí. Bienvenidos a Óskar Blues. ¿Supongo que vienen por el festival?

—Así es. Mi amigo y yo apreciamos mucho la cultura tan especial de este pueblo. Lo que significó en el pasado, lo que sigue siendo hoy.

—Y lo que será mañana, esperemos. Siempre y cuando las malditas autoridades federales nos dejen en paz de una vez por todas.

—¿No los tratan bien? Asombroso. Yo me inclinaría a imaginar que la economía del pueblo le debe muchísimo al festival.

—Mejor es que no sepas cuánto, preciosa. Aun así quieren extirparnos. Hace años que lo vienen intentando. Ahora, los supuestos asesinatos son la excusa que necesitaban. Quién sabe si el próximo año haya festival; cada primavera nos fatiga más reverdecer. Y, para cerrar el círculo de la injusticia, los que pagan las más negras consecuencias son los desdichados pastores sudamericanos, traídos aquí a verga y bala como presos de máxima seguridad. No sé si me escucharon hace un rato en la otra mesa.

—¿Qué pastores son esos? —preguntó Ángel.

—Oh, unos miserables, unas pobres almas desvalidas que nada tienen en esta terrenal habitación. Llegan con una visa ridícula, gracias a un programa de trabajadores invitados, lo cual significa que no pueden trabajar para ningún otro amo que para su anfitrión. Aludo a los rancheros del estado, que los hay a montones. Ellos los llevan a las alturas, les entregan un par de botas, una caseta de hojalata y un hato de ovejas. Se entiende que los hombres se escapen, se larguen a las ciudades, buscando mejor fortuna. Hay miles de estos pastores en Colorado. No tienen agua corriente, ni menos electricidad en sus covachas. Sus patrones creen ser los señores de su espíritu. No sé si me captan.

— Fuerte y claro. ¿Qué tienen que ver estos pastores con los asesinatos? —inquirió Serena.

—Muchísimo. Ustedes son recién llegados, pero en estos páramos todo el mundo sabe la verdad, aunque la prensa se desviva por callarla, amordazada como está. Sin embargo, no son estos asuntos que interesen a los turistas. Ustedes están aquí para disfrutar, seguir apreciando nuestra cultura viva y mantenernos en pie de guerra. Justamente, aquí llega su almuerzo. Que lo disfruten, son las mejores costillas del pueblo. Ahora los dejo. Si se les ofrece algo, mi nombre es Óskar Blues, para servirles.

—Casi lo agarro a trompadas —dijo Ángel, mientras zangoloteaban por el centro—. ¿Cómo se atreve a hablarte así?

—¿Así, cómo? Caray, tú y tus idioteces. Huevas, si es el dueño del local. Solo estaba siendo amable. A mí me interesa saber de dónde es, ¿no te pareció rara la facha que se maneja? ¿Y ese castellano envidiable, mejor que el tuyo o el mío, dónde y cómo lo aprendió? Además, eso de los pastores está súper interesante. ¿Te imaginas que fueran peruanos?

—Si lo son, ¿qué nos importa a nosotros? Aparte de eso, ya perdiste tu oportunidad. Mi querido gringo rojo te gileó y se fue sin decirnos nada importante. A menos que quieras volver más tarde a cenar costillas, con lo que te gustan. Una cena romántica mezclada con interrogatorio.

Serena permaneció callada durante larguísimos minutos. Sin darse cuenta, habían alcanzado los esfínteres de la calle Uno, se habían internado por una trocha y ahora veían, no muy lejos, el resplandor del lago congelado. Al rato, ella dijo, retomando la conversación interrumpida:

—No estaría de más volver más tardecito. A pesar de las costillas.

—Pasarás sola. Yo a ese no lo quiero ver más. Me cayó mal desde el principio.

—Como quieras, Ángel. Por mí, puedes quedarte viendo pornografía en la computadora. En estos momentos, la verdad, ni me va ni me viene.

—No me quejo de tu indiferencia, pero ¿tú crees que tengan costillas para llevar? Digo, porque así cuando vuelvas podrías traerme la cena. Perdona, ya sé que no es gracioso.

Llegaron a la orilla. Avanzaron sin temor sobre la capa de hielo sólido. Un viento castigador empezaba a bajar de las montañas.

—Me duelen las manos —dijo Serena—. Regresemos, mi querido Lazarillo andino.

Ángel se sonrió.

—La pensaste demasiado. Lástima que sea tan literaria: un mérito menor.

—No deja de ser buena. Solo para que veas que yo nunca me quedo atrás.

Esa tarde Serena salió sin avisar cuándo regresaría. ¿Cuántas veces no había pasado lo mismo, te ibas a quebrar por eso? Eran apenas las seis, pero desde las cuatro el sol había desaparecido tras la cordillera. Allá los días de invierno eran considerablemente más cortos que en el llano. Varias horas después, Ángel seguía tirado en la cama del Libertarian's Inn, esperándola, esta vez sin miedo a ser descubierto. Por la ventana entreabierta, flotando cual humazón desde la calle Uno, se colaba el rumor de la celebración. Una abigarrada procesión de pasos y voces parecía envolver el hotel, pero él no tenía la menor intención de unirse a los festejos.

En la oscuridad de su cuarto empezaron a visitarlo ciertas imágenes. Alguna vez Serena se había visto forzada a contarle acerca de un antiguo novio que tenía un tatuaje singular en la espalda: se trataba de un enorme cactus azul. Cada una de sus pencas, que eran numerosas, exhibía el nombre de alguna chica del pasado. De este relato, lo que Ángel recordaba con mayor claridad era un viaje que Serena y su memoriosa pareja tatuada habían realizado a Santo Domingo, el hogar y laboratorio de Gonzalo Fernández de Oviedo, su historiador favorito. En vano ella había insistido en que lo ganado en fantasía y adrenalina con aquel novio viejo, lo perdía en seguridad y lo hipotecaba en confianza. Cada vez que Ángel pensaba en aquel monstruo de pencas indelebles y recuerdos azules, lo que ocurría con demasiada frecuencia en estos tiempos, una vaga expectativa de confrontación espoleaba su sangre. De rato en rato apretaba los puños, como preparándose para una pelea; cerraba los ojos y se desdoblaba, se veía a sí mismo inerme y perplejo, un muchachito fanfarrón dispuesto a ser reventado a golpes por una pandilla de copias sanguinarias.

Se entregó a estos ensueños sin cuidar del tiempo. Las imágenes mordían y excavaban en su pecho, pero al mismo tiempo plantaban allí una felicidad sin límites: el goce de la víctima, el regocijo del esclavo. La penetración de la llave en la cerradura lo sobresaltó.

El reloj de la mesita de noche daba las once y veinte de la noche. Cuando Serena entró, ninguno de los dos dijo nada. Él la vio cruzar de largo, sin dedicarle una mirada, y refugiarse en el baño. Dejó la puerta abierta, así que a través del espejo comprobó que llevaba la misma camiseta blanca, sin mangas, con la que había salido. La usaba para dormir y para correr. No le sorprendió descubrir que la sangre brotaba de sus fosas nasales, le cubría el bozo y descendía por los labios y el mentón, embadurnando su cuello y alcanzando su camiseta, donde había creado un mapa púrpura: el mapa del futuro, tal vez. Mientras tanto, ella intentaba lavarse. Colocó las manos debajo del chorro y se humedeció rostro, pero su esfuerzo fue inútil. Apenas consiguió extender la mancha, diluirla, sumar un tercer líquido a la sangre y al sudor. Dejó correr el agua un instante más y volvió al cuarto. Se detuvo ante la cama, encarándolo. Respiraba tranquila y miraba más allá, como ausente. El mapa crecía amorfo, descontrolado; unas gotas cayeron al piso. Ángel sintió el impulso de zanjar la sangría del único modo en que podía hacerse: aplicando, con suavidad y destreza, su lengua. Entonces se le reveló que el mapa era también una pantalla nívea, sobre la cual danzaban ciertas imágenes embrionarias. Allí estaba ella junto al otro sujeto, su rival del pasado, habitante de historias muertas. Ahora los veía juntos, andando por la orilla de una playa, deteniéndose a tomarse fotos, desviándose hacia un paraje secreto, oculto entre la maleza, donde ella lo calibraba con ojos ansiosos, aguardando sin poder contenerse. Eran los tiempos en que, según confesión de Serena, ambos tenían los bolsillos agujereados, y eran libres de confundir el hambre de todos los días con el deseo. Se trataba, qué duda podía caber, de la misma confusión que ahora le permitía a él desplazar aquellas imágenes del pasado, tatuadas en azul imborrable, y erigirlas como la capital del mapa del futuro. Una maravillosa libertad lo invitaba a imaginarse a sí mismo bajo tierra, yerto y sepultado, justo debajo de los matorrales donde el rival desconocido, mágicamente transfigurado en un pelirrojo barbudo y parlanchín, le enseñaba a confundir el hambre con el deseo, el pasado con el futuro, el cuerpo de Serena con el suyo.

—¿Qué has averiguado? —le preguntó desde la cama. Aunque no tenía el menor interés en seguirle la pista a este caso, sabía que ella le contaría la historia de todos modos. Mejor adelantarse, quedar bien, ametrallarse solito.

—No mucho, para lo que tuve que pagar —señaló su propio pecho; después lo examinó a él, como si lo viera por primera vez—. ¿Qué onda?, ¿estuviste acá metido todo el rato? ¿Has estado tomando?

—Exagerada. Pedí que me subieran un vinito de miel. Recién me entero que tienen room service en este antro. El vino lo producen en la zona. La botella está casi intacta en el minibar, por si quieres chequearla.

Serena se sentó al borde de la cama y acarició con yemas de pluma la rodilla de Ángel. Después se apartó bruscamente y fue hasta la ventana. La abrió de un manotazo, invitando una tromba bien refrigerada.

—Cariño, que te cuide tu madre. Es tu vida, son tus adicciones. Nunca fue mi problema.

—¿Cómo?, si a ti te encantan los problemas —dijo Ángel, pateando las sábanas y saltando hacia ella. La tomó por la cintura; ella dio un respingo, pero no se resistió al abrazo—. Mírate nada más, te hicieron mierda.

Cuando Serena volvió a hablar, su timbre se había dulcificado, aunque sin perder una sombra de agresividad:

—Ya me hubiera gustado. No vayas a imaginar peleas, interrogatorios, nada glamoroso. Alquilé una bicicleta y pasé casi toda la tarde montando. La tierra estaba congelada, había ese hielo traicionero que no se ve. Lo más loco es que no me resbalé ni nada. Estaba volviendo para acá y de pronto me empezó a sangrar la nariz. Es curioso, por un momento pensé que me había agarrado el soroche. En este pueblo es fácil olvidarse que una está en los States. Después se me ocurrió que tal vez sufra una enfermedad pendeja y me vaya a morir pronto.

—Trágica como ella sola. Nederland está mucho más alto que Boulder. Unos dos mil quinientos metros. La teoría del soroche es verosímil. Pero no me vayas a decir que no averiguaste nada. Te desconozco, preciosa.

—Directo al grano. Puro nervio, cero grasa: desprecio total del sentimentalismo. Es un cambio, me gusta. En verdad sí averigüé algunas cosas. A Óskar Blues le encanta ser escuchado por horas de horas. Aunque no lo parezca, es un tipo bastante culto; dice que estudió una maestría en Literatura Española en Boulder. En los ochenta, su otra vida. De manera que, por vía indirecta, viene a ser un compañero nuestro. Una especie de predecesor, un mono con trazas de hombre. No me contó ningún secreto trascendental, pero sí una historia que quizá sirva para enmarcar otra cosa. Algo que nos falta descubrir.

Serena procedió entonces, como siempre que narraba sus historias, a adoptar un tono susurrante, confidencial. Hablaba sin apresurarse. Su voz, que era algo gruesa y no muy melodiosa, adquiría las inflexiones de un profesor anticuado y flemático que estuviera impartiéndole una lección a su discípulo mejor dotado. Se esforzaba por arrancarle, a esa voz infortunada, cierta belleza, no limándola contra su malsonancia, sino abrazándola como aliada: cuando todavía eran estudiantes, Ángel se burlaba de ella llamándola Polifema, y ella retrucaba aclamándolo Galateo. Por más que estuviera relatando hechos improbables, se expresaba con la mayor seriedad. Al mismo tiempo había una chispa socarrona en sus ojos que contemplaban, desde una distancia chancera, la afectación del discurso, y le robaban todos los humos que pretendía entrañar. Ángel no podía escatimar alabanzas, tampoco circunspectas del todo, a su uso de las manos. Ella abría las palmas, como exhibiendo verdades evidentes; las cerraba de súbito, apresando una esencia recóndita; alzaba el índice y dibujaba circulitos, conectando los puntos de una figura; frotaba las puntas de los dedos con fruición, como si tuviera en ellas una sustancia pegajosa, a la vez que achinaba los ojos y fruncía la nariz, para sugerir la sutileza de una idea especialmente fina. No pocas veces se levantaba de su asiento y se dirigía a un punto inesperado de la habitación, se detenía frente a una pared y escudriñaba un rincón del techo, o se acodaba en el antepecho de una ventana, aspirando el aroma penetrante de los bosques nocturnos, antes de tornar a sentarse y reanudar el juego de manos. Siempre que se sumía en algún argumento que lograba seducirla, quedaba claro que, para Serena, contar historias era una actividad que requería de muchísimo espacio libre.

—¿Listo para escuchar un cuento sin pies ni cabeza? Debes estar advertido, lo que te voy a contar tal vez parezca nada más que floro puro y duro. Transmito la versión de Blues, así que si tienes dudas, quejas, objeciones, discútelas con la fuente. Pasa que hay demasiado de coincidencia absurda en todo esto. Para empezar, por fin me enteré de qué va el famoso festival de Nederland. Es una celebración que se sale de lo corriente, eso ya lo sospechábamos, pero ahora sabemos que se sale mal; vamos por partes y cucharadas. La odisea empezó hace apenas diez años con la fantástica aparición de un forastero. Era un hombre joven, no mayor que tú ahora, que se expresaba en un español desarraigado, difícil de localizar en el mapa. Al principio nadie supo de dónde venía, pero todos estaban seguros de que no podía ser mexicano, porque de esos hay bastantes y ni siquiera ellos mismos ubicaban al recién llegado. El afuereño irrumpió en el pueblo con el plan de afincarse. Lo habría conseguido más fácilmente si hubiera llegado solo; no era el caso. Lo acompañaba su padre, que llegaba en condiciones inusuales, por decirlo de alguna manera. En pocas palabras, el anciano llegó en un ataúd. Había muerto dos años atrás, fulminado por un cáncer al pulmón. Era, sin embargo, una de esas personas que no se dejan engañar por la mentira de que la muerte es el fin de todas las cosas, y para demostrárselo al mundo, antes de fallecer le había comunicado al hijo su último deseo, un deseo relacionado con el futuro de su cuerpo. Apenas abandonara este mundo su cabeza debía ser libertada de su humanal yugo, para luego ser congelada a una temperatura antártica, conservándola así a buen recaudo y evitando los inconvenientes de la corrupción. La esperanza implícita en este plan era que los científicos del futuro dispondrían de los medios necesarios para reanimar el cerebro y darle a la mitra solitaria un cuerpo nuevo. Como seguramente habrás escuchado por ahí, esta práctica, que normalmente asociamos con millonarios excéntricos, se llama criónica o criopreservación. Solo en Estados Unidos existen decenas de compañías perfectamente serias, dedicadas a ofrecer servicios de esta naturaleza y empleando en ellos tecnología de punta. Estos admirables estafadores usan nitrógeno líquido para conservar el tejido cerebral, pero no me preguntes más sobre el proceso en sí, porque Óskar no es ningún rocket scientist, en sus propias palabras. Así es como hacen las cosas los profesionales; lamentable es informar, empero, que el forastero y su padre no contaban con los recursos económicos para acceder al primer mundo de la criónica. Vivían más preocupados por combatir la desnutrición que otra cosa. Contra las previsiones más sensatas, ello no fue obstáculo para que el devoto hijo del interfecto echara mano de su ingenio para cumplir la última voluntad de su viejo. Lo único que se le ocurrió al desesperado sujeto fue cortar la cabeza de su progenitor, envolverla en un paño de seda y meterla en una caja repleta de hielo seco, laboratorio de un alma potencial, útero artesanal de un futuro incierto. Era una solución precaria, folklórica si se quiere, pero serviría por el momento, hasta que padre e hijo llegaran a América, donde el último tenía previsto recurrir a la televisión para difundir la noticia de su caso y así apelar a los corazones humanitarios de la nación más colosal del mundo. En su caso había una dosis pendeja de emoción, y también un desacostumbrado amor filial, pero más allá de la abnegación familiar había aventura, sobre todo en lo relacionado a la inexplicable hazaña de haber burlado los controles de migración portando una cabeza congelada como equipaje de mano. Ese era el plan; la realidad estafó al deseo. En California, su primer destino, pasaron cuatro meses sin que ninguna cadena de televisión ni estación de radio se interesara por ellos. El alienígena recaló en un club nocturno donde se presentaba cada viernes para contar su historia, pero lamentablemente su presentación no era recibida como una conmovedora desgracia de la vida real, sino como un número cómico. Antes que a un acólito de la piedad, un ejemplo de fidelidad impermeable al tiempo, el público vio en él a un simple loco calato. Pronto tuvieron que abandonar Sacramento, la ciudad donde se hallaban, para probar suerte en la segunda capital americana de la criónica: así es, yo tampoco lo sabía, pero estamos hablando de Denver, Colorado. Algún pícaro debió jugarles una broma pesada en la Mile High City, pues les mintió diciendo que el único paraíso donde podrían coronar su proyecto era Nederland, el parque invernal donde estamos ahora. Ya te habrás dado cuenta, espero, de que la frase «tecnología de punta» y Nederland no tienen ninguna relación. Si el iluso vástago esperaba encontrar aquí una empresa caritativa que pudiera darle a su padre el tratamiento que se merecía, ofrecerle una existencia post-mortem más profesional y menos riesgosa, solo se debió a su absoluta ignorancia y, quizá también, a su estupidez. Lo que por suerte sí encontró, y sin haberlo buscado, fue una comunidad bastante liberal, abierta y receptiva a la siempre asombrosa diversidad humana. Aquí lo cobijaron desde que llegó. La fábula del amoroso hijo sufrido que viaja por medio mundo desde alguna barriada del mundo hispánico con la cabeza congelada de su padre, caló en las entretelas de la comarca. Cada vecino que llegaba a conocer su historia se convertía, casi automáticamente, en un supporter, un donante generoso, un colaborador eficaz. Desde la mendicidad callejera, el forastero pasó a ser una leyenda zonal, un héroe del distrito. Empezó a recibir tantas limosnas de los pobladores que pronto le alcanzó para alquilar un apartamento y vivir como un mendigo profesional. Tuvo varias apariciones en la televisión y la radio locales, lo cual no hizo más que aumentar su fama, sin granjearle un solo opositor. Incluso las autoridades se compadecieron de su situación y decidieron no intervenir, a pesar de que la posesión de una cabeza congelada en propiedad privada es, o debería ser, un delito. De esta suerte el advenedizo fue cosechando una velocísima popularidad que, a los pocos meses, sirvió para catapultar su estatus legendario y oficializarlo como una institución. Un grupo de vecinos entusiastas, todos notables de la aristocracia nederlandina, se le acercó un buen día con una propuesta que no pudo rechazar: utilizar su caso como una inspiración y como un motivo para renovar el alicaído festival anual de Nederland, que había visto sus días más gloriosos en los años setenta y que, hoy por hoy, no lograba convocar a más de unos cuantos vejetes borrachos que se lanzaban entre sí pelotas de nieve. Un porcentaje de los fondos reunidos gracias al festival se irían acumulando año tras año en una cuenta, con la finalidad de amasar la astronómica cifra requerida para preservar como Dios manda la cabeza del viejo. El forastero aceptó en el acto y el resto es historia. Fue así como nació el ya mítico Frozen Dead Guy Festival, que cada año logra congregar más y más visitantes. Confieso que el nombre no es demasiado imaginativo, pero ya conoces a los gabachos. Hay distintos eventos programados para estas fechas, como concursos de disfraces, carreras de trineos, bailes de máscaras, el desfile que ya conocemos, partidos de béisbol con salmones congelados por bates, y bates de los otros a montones, aunque el evento central es la aparición, en vivo y en directo, del mismísimo Hombre Muerto Congelado, que ocurre la última noche del festival, nadie sabe exactamente dónde ni cuándo. Es decir, estamos hablando de la misma noche en la que promete aparecer también ese Misti Layk'a, no para mostrar la cabeza congelada de su padre sino a otro monstruo más interesante: el asesino de los huevos arrancados. Si me has seguido hasta aquí, te estarás preguntando lo mismo que yo: ¿una competencia de freaks luchando por concitar el interés del público? Muy probable, incluso verosímil. En fin, me cansé de hablar. Quiero oír tus impresiones.

Ángel se puso de pie y caminó con lentitud, estudiando sus propios pasos, hacia el minibar. Extrajo una botella semivacía y dijo:

—Primeramente, debo decirte una vez más, porque no me escuchas, que si hay aquí una momia, esa soy yo, que estoy contigo contra mi voluntad y por darte gusto. Dicho esto, paso a darte mis impresiones. En verdad, no sé qué decir. Lo que me cuentas me asombra y a la vez me despierta más de una sospecha. Me digo que en este rinconcito de la peruanidad bizarra puede pasar cualquier huevada imaginable; después la vuelvo a pensar y ni cagando. Demasiado faltoso. Tu amiguito Óskar, el único informante que tienes, no me da buena espina, como bien sabes. ¿En serio que no hay más data del forastero hispanohablante? ¿Quién es?, ¿de dónde venía? Imagino que continúa en el área, a menos que haya abandonado a su padre. Lo cual me parece improbable, porque esa cabeza congelada es una mina de oro.

Ángel le entregó una copa de vino y se acomodó a su lado en la cama. Ella cruzó las piernas, pensativa y adusta. Estrellaron las copas con un tintineo.

—Está rico este vinito. En lo del oro, estoy contigo. Se dice que el tipo es bastante huraño. Óskar lo vio una vez, hace años, y conversaron. La gente cuenta que todavía vive aquí, en alguna retirada querencia, pero nadie ha vuelto a hablar con él. El apartamento que alquiló al llegar está abandonado. Nadie sabe dónde guarda la cabeza de su padre, que se deja ver una vez cada año, y por instantes, en el festival. Nadie sabe si se trata de una cabeza de verdad. Tampoco es como que le den importancia a ese detalle. A estas alturas lo que sobrevive es la leyenda. A nadie se le ocurriría preguntar lo que tú me estás preguntando.

—Alguna teoría manejará tu gordito Blues, que tonto no es.

—En efecto, mi querido maestro de la sutileza. Aquí es donde empieza la coincidencia absurda. Según Óskar, esa única vez que habló con el forastero fue una madrugada, en un bar, estando los dos borrachos como una cuba. El detalle que más lo impresionó fue su acento. Su modo insólito, tan poco mexicano, de hablar el español. Por supuesto que le preguntó de dónde era; el hombre respondió con evasivas. El misterio de la procedencia del forastero lo ha acosado desde entonces. Fue necesario esperar mucho tiempo hasta dar con la respuesta. Para ser más exacta, fue necesario esperar hasta el día de hoy, hasta conocernos a nosotros dos, para resolver el enigma. Después de charlar un buen rato conmigo, la sospecha que Óskar había concebido más temprano, cuando se sentó a nuestra mesa, pudo ser confirmada. Por eso fue que se deshizo de la pareja de cuellos rojos para acercarse a nosotros: quería escucharnos mejor. ¿Estás listo para mirarte en el espejo? Desde esta noche nuestro amigo vivirá convencido de que aquel sujeto, que tan importante ha sido para la historia reciente de Nederland, no es ni más ni menos que...

—Un peruano como nosotros. Ya lo sabía.

—Anda. Claro que sí, cómo no —rió Serena, acariciándole la mano—. Eres un idiota.

—Gracias por el piropo. Te lo agradezco de todo corazón. Pasando a lo que importa, ¿vas a contarme algo que no sepa?

— Depende de ti, cariño. Ayúdame a encontrar al peruano y te cuento lo que tú quieras.

La música se largó a las seis de la mañana. El golpeteo repentino de un techno infernal, dispuesto por algún huésped del Libertarian's Inn a modo de despertador, remeció las estructuras de madera del edificio, despertándolos en el acto. El primer sentimiento que invadió el pecho de Ángel fue una rabia asesina que, en aras de su integridad física, se cuidó muy bien de ocultar. Era su segundo día en el lugar y, si deseaba mantener el armisticio con Serena, solo cabía fingir entusiasmo y buen humor, como una mascota dócil o un muñecote de nieve. No más rabietas hoy, ya te habías arriesgado bastante con el brote de celos de ayer, ¿entendido? De manera que no despegó los ojos ni se movió, esperando que ella tomara la iniciativa. Así ocurrió cuando, a los dos minutos de desatada la música, ella se levantó de la cama y se metió en el baño. El chubasco de la ducha fue breve, apenas un latigazo que se sumó fugazmente al concierto matinal. Emergió ya vestida, acorazada por una nube de vapor, y se sentó en el sofá con una libretita sobre el regazo. La espió por el rabillo del ojo mientras le escribía la nota. Luego la vio incorporarse, acostar el papelito al borde de la cama y jalar su casaca del perchero antes de abandonar el cuarto.

La oscuridad era aún nocturna a hora tan temprana. Un borde azulado permitía distinguir las formas de los muebles. Aguardó unos segundos para ponerse de pie y leer la nota de Serena:

Seis. Te dejé dormido. Yo no dormí nada. El peruano muerto y congelado, los pastores andinos, el Misti vengador, los asesinatos. Cuántas piezas que no encajan. Hoy debo establecer alguna conexión, por lo menos una. Si quiero conciliar el sueño esta noche, tengo que volver con algo que contar. A todo esto, tú sigues durmiendo la resaca, a pesar de esta bulla maldita. Pobre, más tarde pídete un buen desayuno. No te apures, dudo que me veas la cara en todo el día. Aprovecha para salir y hacer lo tuyo, algunas fotos no vendrían mal. Ya son las seis y no puedo seguir en esa cama de faquir. Besos.

Cualquiera hubiese imaginado que ella lo estaba espiando para señalar la primera nota de rebeldía, por la fidelidad con que siguió su consejo. Después de bañarse y cambiarse, bajó al primer piso y desayunó con apetito voraz. El comedor reventaba de comensales bulliciosos que charlaban sin tregua. Serena tenía buen ojo: eran, en su mayoría, viejos que deseaban aparentar juventud, fracasando miserablemente. Conversaban de pie, conversaban sentados, conversaban sujetando sus platos de huevos rancheros. Abandonaban a sus esporádicos interlocutores, caminaban un poco y se entrometían en otra conversación cualquiera. Era fácil darse cuenta de que un tema único enlazaba las distintas órbitas bisbiseantes: el festival. Serena, tú no habrías desentonado en aquella concurrencia entusiasta. Te habrías mostrado igual de fascinada que los demás amantes de la rareza. No podía comprenderlos, ¿qué le veían a Nederland, este pueblo joven de los gringos? Ángel comió en silencio, sin prestar más atención a sus comparsas, mortalmente aburrido del espíritu reinante. Acabó rápido su segundo bagel con queso crema, ansioso por estar ya en la calle.

Afuera el panorama no lucía más alentador. La callecita principal hervía de turistas recién vomitados por sus alojamientos. Hablaban a gritos, gesticulaban ansiosos, ocupaban las veredas y tomaban parte de la estrecha pista. A pesar de la hora, los cafés y los bares estaban abiertos, y sus terrazas rebosaban de visitantes que apuraban la última taza de café, o bien la primera cerveza del día. Una caravana de automóviles y motocicletas con los faros encendidos surcaba la escena, desplazándose suntuosa, como si quisiera alargar al máximo el fugaz paso por aquellas cuatro o cinco cuadras excitantes. Sus conductores tocaban la bocina sin razón alguna y sacaban las manos para saludar a los transeúntes. Presa de un burlón sentimiento de superioridad, Ángel pensó que aquel espectáculo se parecía demasiado al que ofrecían las calles de Boulder a las dos de la mañana, una vez que los bares expulsaban a los clientes y cerraban sus puertas. Entonces una marea de adolescentes borrachos lavaba la ciudad, una multitud suspensa entre la algarabía residual por el alcohol recién consumido y la frustración creciente ante la perspectiva de su falta.

Fastidiado, se abrió paso entre la multitud de borrachos tempraneros. El aroma concentrado de la marihuana le provocaba náuseas. Como en una película de los ochenta, algunos nostálgicos, cabía suponer que los más jóvenes de la pandilla, cargaban sobre el hombro antiguos estéreos de parlantes cromados que se desgañitaban al unísono, rociando una melodía laberíntica. Para dejarlos atrás hubiera sido necesario encontrar una calle lateral, algún rincón donde pudiera haberse replegado la serenidad pueblerina. Dobló por una esquina que desembocaba en una vía más despejada, cercada por edificios de ladrillo de tres y cuatro pisos. Los edificios tenían placas con fechas de finales del siglo diecinueve. Un letrero de neón azul ponía Lyons Hotel. Arriba, en el cuarto piso, había una terraza que prometía soledad.

Ángel ingresó al lobby, una sala de caoba, y buscó las escaleras. En efecto, no había nadie en la terraza, que contaba con sillas metálicas y sombrillas de tela con palmeras hawaianas. Las mesas presentaban platos sucios y tazas medio vacías, signos de que el desayuno había concluido. Ángel jaló una poltrona hasta el borde de la terraza. Desde ahí podía seguir el movimiento de la calle. Abajo, alineados en la vereda del frente, había tres Jeeps del mismo modelo que solo se diferenciaban por el color: uno era rojo, el otro azul y el último amarillo. Si alzaba la vista, alcanzaba a ver las cumbres de la herradura pétrea que encerraba Nederland. Un tenue resplandor naranja peinaba las vetas de nieve. Imaginó que si esperaba allí el tiempo suficiente, amurallado en una terraza que los demás habían despreciado, pronto la luz inundaría el aire, pulverizando en su blancura los ruidos del exterior.

No supiste cuándo tus párpados cayeron derrotados. Los pedales, guantes para tus pies, te habían estado esperando. Ahora que tus pies los castigaban era fácil empujarlos, hacerlos girar; ellos cedían una y otra vez, sumisos, y el viento acariciaba tu frente preñada de hermosos y valientes proyectos, proyectos de dúo que parecían conquistables, por primera vez en tu vida, mientras los pinos corrían a ambos lados con verdaderas ganas de desaparecer. Aunque ella había partido mucho antes, te costó muy poco darle alcance. La tenías apenas delante, pedaleando con fuerza, jadeando más que tú, cada vez más cerca. Su cabello negro flotaba en el aire y su cuerpo menudo se apretaba contra sí mismo, remolcaba hacia el norte, pero era difícil avanzar porque la cuesta se hacía más y más empinada. Para ti era tan sencillo, en cambio, como separar una mano del timón y atrapar aquellos tentáculos flotantes. Por alguna razón a ella no se le ocurría doblar y seguía adelante entre esos pinos interminables, como si al final del sendero la esperara una salida, la única posible. El viento se calmaba y ahora ella corría, domeñando una ladera verde. Tú cobijabas una duda, la primera duda relacionada con el futuro de tu cuerpo, y no le perdías el rastro: eras incapaz de ceder a tus nuevas ganas de huir, de tomar un desvío cualquiera para correr de ti mismo y de tu duda. Proseguías atado a la persecución, que te poseía y devoraba, consumía tu cuerpo y fingía ser tú, con talento admirable. Pronto llegarían y sería inevitable subir los escalones, empujar una puerta y darse con ella apoyada de espaldas contra la pared, acorralada, los puños apretados, el cabello enmarañado, los ojos una pareja de flamas negras vibrando de rencor, de un odio craso y palpitante. Ella lanzándose contra ti como si fueras enorme y lejano, viajando hacia ti, sus puños floreciendo como medusas y prendiéndose de tu camisa, aferrándose a la tela y colgándose hasta desgarrarla, hasta quedar arrodillada a tus pies con un trozo de camisa estrujado entre los dedos y su cuerpo entero temblando, ovillado en el piso, sacudido por una violencia extrema que no provenía de ella, de ustedes, que tú jamás habrías permitido, que se había acumulado en la persecución, como una tercera silueta o un hijo de sombras que, ganando carne y forma, los persiguiera incansable a los dos.

Cuando abrió los ojos una luz hiriente, tejida de magnesio fulgurante, colmaba el espacio. El súbito rumor de motores lo había despertado. Un mozo que llevaba una bandeja se ocupaba de levantar los trastos y pasar un trapo por encima de las mesas. Ángel se apoyó en la baranda. En la calle el tumulto se había disipado. De vez en cuando un auto solitario cruzaba la vía. Los tres Jeeps continuaban estacionados allí, pero ya no estaban solos. Sus motores ronroneaban. Junto a las máquinas un grupo de personas conversaba; eran unos diez, entre hombres y mujeres jóvenes. Algunos apoyaban las caderas contra las carrocerías. La altura de la terraza le permitía espiarlos sin ser visto y, al mismo tiempo, distinguir con perfecta nitidez sus ropas, sus facciones. Por ejemplo, habría empezado a dudar de sus sentidos si aquella barba entrecana y aquellos anteojos de lunas ámbar no le hubieran pertenecido al innombrable de Óskar Blues. Y, para duplicar la afrenta, a su lado estaba Serena, cruzada de brazos, hablándole a su nuevo amigo. No podía escucharla, pero sí notar que le hablaba sin tener que mirarlo. A pesar del frío cortante, los otros llevaban camisetas sin mangas que descubrían brazos sólidos y torneados, hombros intoxicados de tatuajes. Como respondiendo a una señal imperceptible, se estrecharon las manos, se palmearon las espaldas y treparon a los Jeeps. Antes de partir varias voces se elevaron al unísono, rugiendo en coro la misma consigna: «To the lake!», vociferaron, alzando puños y lanzando chillidos. Ángel no dejó de notar que Óskar y Serena iban en el mismo Jeep, el azul, sentados lado a lado. No necesitaba más pruebas. Podía sentir ya los engranajes del futuro, la máquina colonizando el desierto y dejándolo atrás, convertido en la estatua de un prócer sin gesta que no se rendiría sin dar batalla. Buscó las escaleras, en el lobby atropelló a un botones y penetró en el estruendo de la calle. Sintió heladas las axilas, cada poro de su piel transformado en un ojo herido. Se le ocurrió buscar el Impala, pero su confusión era tal que no podía recordar dónde lo habían estacionado. Echó a andar decidido a detener el primer taxi.

El reservorio Barker Meadow quedaba a las afueras de Nederland, cerca de la carretera que bajaba hacia Boulder. Llegó en diez minutos, soltó a regañadientes los veinte dólares que le exigió el chofer y volvió a sentirse rodeado de indeseables. La playa del lago estaba infestada de automóviles y motocicletas, de espectadores y buhoneros que actuaban como si se encontraran en el parqueo de un estadio de fútbol. Repantigados en sus vehículos descapotables, los asistentes bebían botellas de cerveza mientras los ambulantes circulaban voceando burritos, hotdogs, Philadelphia steaks. La turba parecía superarse a sí misma, ser más escandalosa y artificial, en cada nuevo escenario que se le ofreciera. Ángel compró una botella de Samuel Adams, se echó un trago que le ablandó las piernas y se abrió paso entre la marejada, esquivando más borrachos mañaneros, hasta la misma orilla del lago, mosqueada de piedras blancas y redondas. Allí buscó un sitio libre entre las sábanas de picnic, las sillas plegables, las parrillas portátiles y los coolers rebosantes, y se sentó en la tierra. Miraba con insistencia a su alrededor, acechando tras las huellas de sus perseguidos, pero de momento los había perdido de vista. No quedaba más que esperar, intentar acoplarse al ambiente, por más repugnante que lo encontrara. Delante de él se extendía el gran escenario invernal. La superficie congelada del lago exhibía vetas grises, estrías blancas, un complejo diseño de cicatrices y circunvoluciones que se enlazaban unas con otras, progresando hacia el distante anillo de pinos que enclaustraba la piscina de cristal.

Era evidente que allí sucedería algún evento llamativo, pues todas las miradas se dirigían hacia el lago. No tuvo que esperar más de diez minutos para intuir la respuesta. De pronto, accionados por manos invisibles, saltaron al hielo unos como animalejos movedizos. Ángel sonrió con sarcasmo. Se trataba de una manada de autitos a control remoto que, humeando y rugiendo, empezaron a mancillar la plata. Giraban en círculos, se cruzaban entre sí, corrían paralelos unos a otros, arrancando de la audiencia una ovación sostenida, cerrada. Al instante los autitos endemoniados se organizaron como un ejército y tornaron a formar un círculo perfecto, un carrusel que mereció nuevos gritos de júbilo. Después de deslumbrar a todos, las bestezuelas regresaron a las manos de sus dueños. Pero aún había más. Este era, tan solo, el primer numerito del programa. Sin que nadie lo anunciara, un automóvil de tamaño normal, conducido por un badulaque vestido con una camiseta de los Broncos, avanzó parsimonioso entre las masas y se detuvo justo al borde del hielo. Era un soberbio descapotable rojo, un vehículo clásico cuya marca y modelo Ángel habría podido reconocer con facilidad si hubiera sido más versado en el asunto. Lo siguió un auto negro que se acomodó detrás del descapotable, y luego un inconfundible escarabajo amarillo que se acopló al negro. Tres máquinas más se sumaron a la fila, la última de las cuales era, no cabía ningún error, el Jeep azul. Sus ocupantes se clavaron como puñales en los ojos de Ángel.

La mano derecha de Óskar empuñó la palanca de cambios. Tras un torrente de aplausos se escuchó un estampido general y se elevó una humareda gris. Serena sintió un vacío en la boca del estómago y cerró los ojos; se dejó arrastrar por el impulso, por una caballada que tironeó de sus intestinos y la arrojó hacia delante, mientras el viento asaeteaba su cara y el bramido de un monstruo omnipresente la ensordecía. Cuando volvió a abrir los ojos vio a una náyade flotante que, sentada en el escarabajo amarillo, le hizo adiós con la mano antes de abrirse hacia un flanco y perderse, zigzagueando, hacia el decorado humano de la orilla distante. Detrás del escarabajo se materializó un bólido rubí que aceleraba contra ellos, en franco curso de embestida, hasta que un mínimo desvío antes del choque les reveló la barrera de pinos, dibujándose cada vez más nítida justo antes de ladearse y quedar a un costado, como una cinta paralela que ellos acompañaron y casi rozaron antes de torcer de nuevo hacia el centro del lago, donde el auto negro y el rojo aparecieron para alinearse a izquierda y derecha del Jeep, como dos escoltas fugaces que desaparecieron sin más, dejando solo al vehículo azul, que se arrojó a acelerar más rápido que nunca en línea recta, olvidado de frenar.

Ángel se incorporó electrizado junto a varios otros espectadores. No alcanzó a ver la patinada, ni a seguir las evoluciones del trompo, pero sí oyó el gemido del frenazo y presenció el final de la acrobacia involuntaria. Fueron varios los curiosos que, dejando caer sus cervezas, se lanzaron a la pista de hielo y empezaron a correr en desbandada hacia el lugar preciso. Sin alcanzar a sentir ninguna emoción, Ángel los siguió, pero tras un par de zancadas resbaló hasta aterrizar en el suelo, dándose cuenta con pasmo de que bajo la superficie congelada era posible seguir el destino profundo de las aguas. Miró hacia el frente y vio espaldas, brazos y piernas en marejada, otros varios que habían amerizado como él y, más allá, como un telón de fondo de la parvada silenciosa, la mancha azul empotrada contra el árbol. Emergiendo del naufragio, un voraz hongo de mil cabezas buscaba el cielo y parecía burbujear engulléndose a sí mismo.

Trepado en otro taxi que lo llevaba de vuelta al centro, Ángel se preguntó por qué acababa de huir, y quiso saber si no habría en él un cobarde: el accidente fue real, las llamas fueron auténticas, y mientras tú, miserable bufón, fuiste la única broma sobre el lago congelado. Siendo invierno, se te aguó la sangre. Era cierto, había dejado de correr junto a los demás, había dado media vuelta y había escapado sin pudor, pero lo había hecho después de confirmar que la cosa no era tan grave, que Serena se encontraba ilesa. La chica está bien, parece que saltó a tiempo, oyó farfullar a una voz anónima entre la multitud, y esa noticia dudosa le sembró en el acto la convicción de que así era, y por ende era lícito escabullirse. ¿De qué huyes?, se preguntó mientras se desembarazaba, braceando, del apelotonamiento, ¿serás tan cursi como para responder que de ti mismo? Luego escuchó a alguien preguntar qué había sucedido con el conductor, al tiempo que en su cráneo seguían reverberando las palabras del policía, you need to step back, ¿are you a family member?, le había espetado cerrándole el paso, contándole que la ambulancia estaba en camino para llevárselos al hospital, a los dos del vehículo azul, solo por precaución y un exceso incomprensible de celo, claro está. ¿Qué harías mientras tanto?, ¿dónde podrías ocultarte? No haría nada y se ocultaría en la normalidad, para seguir con la tónica. Bajó del taxi frente al Libertarian's Inn y se dirigió a su cuarto, resuelto a fingir, cuando Serena reapareciese, que no sabía nada, que había pasado el día entero tomando fotografías de la vida salvaje coloradense, coartada anacrónica, de las que no conservó ninguna.

—Mejor ni me mires, qué vergüenza —lo amenazó Serena apenas entró en la habitación, dorada a esa hora por el sol declinante de la tarde.

Primero apoyó ambas muletas contra el escritorio. Luego se aferró de los brazos del sillón y, trabajosamente, se sentó. Su pierna derecha, envuelta en su jean cochambroso, quedó estirada, la bota de yeso verde fosforescente reposando sobre el tapizón.

—¿Qué te pasó? —exclamó Ángel saltando de la cama, refugio que, a juzgar por la piyama que llevaba, parecía no haber abandonado en todo el día. Se agachó junto a la bota verde, casi cubriéndola con su cuerpo, protegiéndola como si se tratara de un precioso animalito herido.

—No te atrevas a rozarlo, me duele como si hubiera ocurrido allí un ataque terrorista —lo detuvo ella, disforzada, esbozando una mueca de dolor y placer—. Ahora sí, te prometo que nunca más vuelvo a esquiar. Por lo menos no en este viaje.

Serena le contó una historia que Ángel consiguió sufrir con alguna paciencia. Había salido a esquiar; se había distraído con una ardilla negra; había acabado tumbada en un bordo, mismo pulpo de tentáculos amarrados; había tenido que cojear, dando saltitos heroicos hasta el hospital de Nederland.

—¿Esquiando, entonces? —exclamó Ángel, exultante—. Corazón, esa historia tuya es más larga que un día de hambre. Lo del soroche, a pesar de todo, pasa. Pero verte a ti, una esquiadora casi profesional, en una pista para principiantes... no puede ser. Mejor invéntate otra cosa, por favor.

—Eres un insensible —le recriminó ella, en broma, echándose a reír—. A ver, dime tú, monstruo sin corazón, ¿dónde quedó el mozalbete atento y cariñoso del cual me enamoré hace tiempo? ¿Dónde estaba él mientras yo me accidentaba?

—Aburridazo, tomándoles fotos a las ardillas. Mientras tú te andabas divirtiendo y de paso te rompías la pata, yo pensaba en labrarme un sólido futuro profesional en el campo de la fotografía. Después de todo, alguien en este hogar debe portarse con los frejoles.

—Muy bien puesto. Solo déjame que me ría. Pero no creas que me tiré el día hueveando, ni que fue todo resbalones en la nieve. También me datearon algo que por fin puede ser considerado un descubrimiento real. ¿Sabes qué es el «método andino» de los pastores peruanos, orgullo nacional para nuestra gran familia?

—No tengo la menor idea. ¿Supongo que cortesía de Blues, para variar? Dale, explícame, y cuando acabes yo te cuento sobre un deporte bravazo que me explicaron hoy. Se llama esquí motorizado, ¿habías oído hablar de él?

—Jamás en mi existencia —acotó Serena, cerrando los ojos, apretada por un súbito ataque de dolor—. Anda, bájate al toque a la farmacia y consígueme lo más fuerte que permita la ley. No seas ingrato con la viejita que te cuenta historias antes de dormir.

Quién lo hubiera dicho, pensó Ángel, si solo sería cuestión de unos quince minutos, un cuarto de hora perdido, un entremés entre dos actos, que demostró, pese al fastidio de tener que salir cuando el frío de la noche recién estrenada invadía los huesos, una importancia insospechada. La salida solitaria, la caminata con las manos en los bolsillos, el ingreso al Rite Aid de la calle Tres, y mientras inspeccionaba una cajita de pastillas para el dolor, la visión súbita de un sujeto al que creía desterrado del proscenio, la torre de control que por algún tiempo creyó contar entre sus posesiones. Propiedad privada, patrimonio flotante siempre a punto de naufragio: así debería llamársele al lugar, siempre hostil, que ocupamos en relación a los otros. Para demostrarlo, con la única intención de enrostrarle su propia evanescencia, el colado estaba ahí, merodeando entre las estanterías de remedios, como cualquier transeúnte que empuja una puerta y entra en un negocio, quizá a causa de esa tosecita viciosa que lo sacudía a cada tanto. A pesar de la simplicidad de la escena, había una transgresión imperdonable estampada en su presencia, un valor tóxico, difícil de explicar, que te agraviaba. Era más bajo que tú, aunque más ancho y sólido de espaldas, más robusto, casi granítico de brazos, y, como es natural, dominaba su espacio con una ligereza y una exactitud que tú, como extranjero, ya soñarías con emular. Ángel reconoció, avergonzado de desear algo distinto, que el único vínculo entre él y este americano mayor, que debía aventajarlo en más de diez años, era el haberle pertenecido, en sus momentos respectivos y durante limitados periodos de tiempo, a la misma mujer. Se trataba de un vínculo que, para existir, debía ser enfocado desde algún mirador del futuro, desde algún punto de vista imposible, situado entre los ojos de Serena, que los hermanaba y los liquidaba a los dos, sin hacer distingos. Morir así, barrido y anulado en masa, era una forma de encajar en el pasado, y solo allí cobrar sentido; encajar en el pasado, abandonar el proscenio y retroceder hacia un fondo borroso; pasar a integrar las tropas de los muertos, cuyos nombres a veces recordamos y casi siempre confundimos; no desaparecer, no esfumarse, sino perder categoría, no ser ya un actor, sino una figura pintada en la pared, una sombra casual que cristaliza, nadie sabe cuándo, sobre el telón del espacio, quizá para añorar, desde esa posición subordinada, el irrecuperable aliento de los vivos, su capacidad de acción y movimiento. El pasado nunca desaparecía, tan solo se trasladaba del tiempo al espacio, y así como otros lo habían sido, tú también serías condenado a la combustión. Serías omitido y olvidado, quizá resucitado tu recuerdo por descuido y, junto con tu cuerpo, serían silenciadas las palabras que dijiste alguna vez, así como las que nunca te atreviste a decir. Si así eran las cosas, ¿qué diferenciaba lo dicho y lo callado, y qué importancia y qué zonas grises poseía esa frontera? Quién lo hubiera dicho, pensó mientras caminaba de vuelta al Libertarian's Inn, que quince minutos para ir y venir de la farmacia pudieran ofrecer este encuentro inesperado, y este retorno mudo en el vapor de tu aliento frío.

—Ahora que te escucho, siento que cometí un error —dijo Ángel, sentándose en el escritorio, sus piernas colgantes. Durante su ausencia Serena se había puesto la piyama y estaba acostada—. No sé por qué no te lo conté antes. Después de todo quizá tenga que ver.

—Soy toda oídos —replicó ella—. Veamos si paga.

—Mira, esto pasó la mañana que llegamos. Mientras esquiábamos en Eldora. Al principio me pareció intrascendente; lo sé, fue una decisión apresurada, pero ¿qué esperas de mí? Antes de saber cómo funcionan las cosas en este pueblo, nadie está preparado para darle crédito a la locura. En la montaña tú te habías perdido por ahí, como sueles hacer, y de repente yo ya no sabía dónde estaba. Había subido bastante, me encontraba cerca de la cumbre, y fue entonces cuando vi, o creí ver, a un sujeto extraño. El pata parecía sacado de una postal. Ahora que me cuentas lo del método andino, y después de escuchar a Blues perorar sobre esas pobres almas dejadas de Dios, pienso que bien podría haberse tratado de uno de esos pastores que él llama sudamericanos, pero que nosotros tal vez haríamos bien en llamar peruanos. Fue una visión, apareció y desapareció como un fantasma. Eso es todo.

—Eso es todo; de acuerdo; ¿puedes explicarme qué quieres decir?

—Bah, nada concreto. Podría estarme equivocando. Pero es que llevaba un chullo o algo así, o me lo pareció. No le vi bien la cara. Estoy casi seguro de que no era un americano. Aunque quizá lo fuera. En realidad, no sé lo que vi, ¿me entiendes? Igual, tenía que contártelo para sentirme mejor. Más aliviado.

—Pues te lo agradezco desde el fondo de mi ser. Por la puta madre, ¿y recién ahora se te ocurre la brillante idea de contármelo? ¿Cuántas veces me has visto salir de aquí en busca de información, persiguiendo migajitas? ¿No se te ocurrió antes que esto podría interesarme?

—Perdóname. Es que hay algo que no entiendes.

—Oh, no, perdóname tú, por ser tan lenta. Tal vez sí lo entiendo, incluso mejor de lo que sospechas. Querías guardarte el dato para ti solo, ¿verdad? Querías jugar a ser Sam Spade y resolver el caso por tu cuenta, quieres...

Ángel presionó su dedo índice sobre los labios de Serena. Ella entornó los ojos y exhaló profundamente por la nariz.

—Aguanta un rato —la interceptó él. Intentaba sonar conciliador, pero estaba ofendido—. Tiempo fuera, princesa. Primero, ¿cómo puedes sugerir algo tan ofensivo con tanta facilidad? ¿Cómo te atreves a desconfiar de mí, que no pienso en otra cosa que en darte gusto? ¿Crees que esta ridiculez que tú llamas «caso» realmente me interesa? ¿Lo crees en serio o me estás hueveando? ¿No te das cuenta de que todo lo que hago yo aquí, en el auténtico culo del mundo, es seguirte la corriente?

—Siempre te encantó hacerte la víctima. Me pregunto quién ofende a quién ahora mismo. Pero ya, olvídate, me importa poco lo que pienses de mis ideas. Lo que necesito saber es qué más viste. Tienes que haberte fijado en más detalles. ¿A qué distancia se encontraba el sujeto este? ¿Era un chullo de verdad o una de esas imitaciones que hacen aquí?

—No sé. Estaba lejos. No insistas, ya te lo conté todo. Como sea, me intriga tanto interés. ¿Qué ganas tú con que yo te cuente del supuesto pastor que vi, si es que, de acuerdo con Blues, no hay duda de que esos hombres pululan por estos rumbos, y, si no me equivoco, todos sus embustes son palabra sagrada para la ferviente seguidora en que te has convertido?

—¿Seguidora de Blues? No te pongas imbécil. Tus celos de adolescente ya me aburrieron. Por supuesto que esta información me sirve. A lo mejor no te das cuenta, pero estamos hablando de los mejores asesinos que tenemos. Si no son ellos, o uno de ellos, a ver, explícame tú quién más sería capaz de arrancar de cuajo dos huevos y una pichula usando los dientes. El que tú hayas visto a ese tipo en Eldora quiere decir que, muy probablemente, el culpable sigue en libertad, rondando la zona de sus crímenes. En ese caso quedaría confirmado que el pendejo del Misti Layk'a es un mentiroso que busca llamar la atención.

—Te equivocas, no es así necesariamente. Hay miles de pastores en Colorado y los estados aledaños. Sería imposible que justo el que yo vi termine siendo el asesino. Por otro lado, ¿en qué momento te convenciste de que el asesino es uno de ellos? Todavía no acabo de creer esa cojudez tuya, esa hipótesis exotista acerca del método andino. Si me lo preguntas, parecería todo fruto de la afiebrada imaginación de un Walt Disney en ácidos.

—A mí sí me convence. Desde mi punto de vista tiene mucha lógica que esta gente, que muy civilizada no es, use lo primero que tiene a la mano, o en la boca, para ganarse la vida. La más obvia de las herramientas de trabajo. Capar borregos con las muelas y arrancar a mordiscos las bolas de un infeliz son, objetivamente, la misma acción. Solo que, en el primer caso, puedes decir que es una habilidad pintoresca, aunque un poco bestial, y en el segundo ya se habla de una tortura sádica. Incluso sofisticada. Como dicen aquí, la cosa me hace perfecto sentido. También, lo reconozco, es la única hipótesis que tenemos. No te veo yo aportando demasiadas soluciones que digamos.

—Sentido. Sumas dos más dos y tiene sentido. Pareciera que en eso se te va la vida.

—No te sigo. ¿Qué estás insinuando?

—Ah, nada muy nuevo —admitió él. Calló un momento, vacilante; una vez resuelto, arreció parejo—: Es que te escucho, te veo salir de aquí cada día, buscando no sé qué, y al instante recuerdo tus palabras antes de venir, esos proyectos cargados de emoción. Ahí es cuando me pregunto a dónde te lleva ese gesto entusiasta y tal vez algo frívolo. Quiero decir, mentalmente, en abstracto, hay cosas que te suenan bien, temas que conoces poco o mal pero te llaman, casi símbolos, yo diría. Comida chatarra para la imaginación, eso es lo que te pone. Juegas con esas muñequitas maltrechas, hechas de plástico, las colocas en relatos que después me cuentas transportada, y al día siguiente buscas una pieza más y la agregas al diseño, y todo te hace sentido. No pasas de ahí. ¿No te has puesto a pensar que el día menos pensado podrías convertirte tú en la muñeca de alguien más? ¿Una Barbie porno, tal vez?

—No tengo ni idea de lo que tratas de decirme.

—Bienvenida a la hermandad de los ignorantes. Yo la tengo menos clara. Pero me sobran las preguntas. Hay algo en todo esto que no me cuadra; quiero decir, en «todo» esto. Entonces me siento extraño si pienso en el futuro. Me pregunto qué relación hay entre tus salidas diarias, tus escapadas, y lo que vendrá. Claramente se ve que estas no son unas simples vacaciones para ti. Qué sacarás de esta experiencia, es algo que se me escapa. Hasta ahora es pura masturbación mental, pero le dedicas más tiempo y energía que a cualquiera de tus pósters. Llego ahí y ya no puedo evitar las comparaciones. Pienso en tu actitud conmigo como en un gesto entusiasta, un arranque que nunca sale de sí mismo y se agota sin trascender. ¿Me sigues?

—Te sigo —dijo ella, con la voz filosa por el resentimiento—. Otra cosa que sigo haciendo es preguntarme, desde el primer día, dónde carajo estaba mi cerebro cuando me metí con una persona como tú. No me entiendo; ¿por qué creí posible, hace ya tiempo, explicarle la voracidad del artista, su incansable exploración de sensibilidades ajenas, a un ente obturado que obviamente solo se interesa por su mundito adefesiero?

—Guarda ahí. Estoy diciéndote lo que pienso de verdad. La verdad es dolorosa, y parcial, y una mierda, y a nosotros ya no nos sirve de nada, pero aunque sea absurdo, estoy haciendo el esfuerzo de pensarla y decirla. No tengo la menor intención de herirte ni nada así, princesa.

—Princesa para aquí, princesa para allá. ¿Acaso vives en un eterno día de San Valentín, huachafo perdido?

Serena brincó feroz de la cama y, apoyando con suplicio el pie enfermo, se encaminó hasta el centro de la habitación, donde se sembró con las manos en jarra.

—Preocúpate menos, como que me resbala. ¿Sabes cuánta gente me insinúa lo mismo, cuántos ciudadanos productivos y razonables me repiten hasta el cansancio que estoy demasiado vieja para esto, que debería madurar de una buena vez y actuar como una mujer de mi edad? Esos reclamos me tienen podrida. «Act your age», prescribe la expresión en inglés; okey, bola de ignorantes, ¿no se les ha ocurrido que tal vez haya papeles más legítimos que ese, el que te dicta tu edad? ¿No han reparado en el hecho de que esos papeles sobresalientes están reservados a las chiquillas jóvenes, a las veinteañeras delgadas, culoncitas, despistadas? A mí, mientras me dé el cuero para actuar como ellas, ni se me ocurriría quedarme atrás. Las peores son las viejas, las que te dicen grow up! porque ellas, las muy putas operadas, harían el ridículo si intentaran preservar su inmadurez. Lo que me has soltado hoy me recuerda esas quejas estúpidas y me hace reflexionar sobre lo cojuda y lo ciega que puedo ser a veces, o muchas veces, o en realidad todo el tiempo. Por periodos cortos, afortunadamente.

—Magnífico. Fantástico. Si seguimos así podría empezar a doler. Cambiemos bruscamente de tema. ¿Tienes planes para esta noche?

—Miren, ahora, quién es el «incoherente». Que no se te encojan los huevos, porque te voy a seguir la cuerda. Con esta pata de palo bailar queda descartado. Quizá sea la ocasión para otro de esos gestos entusiastas que tanto me criticas —sonrió con una infundada alegría, de esas que helaban la sangre ajena—. Afuera está haciendo un frío cabrón y sería una lástima desperdiciarlo.

Una bruma granate arropa las laderas. La luz de las casas vecinas parece acumularse allí, queda enredada en la humedad, que de pronto ya no es estéril. Los primeros copos bailan en la brisa y empiezan a abrirse los paraguas. Una exhalación brota de la colina abarrotada de sombras sentadas, expectantes. El fulgor del cigarro de Ángel está muy bien acompañado: lo sitia una banda de primos malevos. Las chispas naranjas forman una hermandad, una constelación que irradia esa humareda pestilente, dulzona, que nunca falla en marearlo. A su lado hay un trío de músicos agazapados, un remedo de malandra: las cabezas recogidas en capuchas, dos guitarras rasgueadas con desdén, un bongó barnizado de tierrilla blanca que manos cansinas y enguantadas acarician sin ritmo. Se charla en voz baja, como si estuvieran en misa, pero queda claro que algo interesante está por suceder allá abajo, al pie de la colina, donde las aguas congeladas del riachuelo congregan una decorosa multitud. Allí en la hondonada es donde se ha preparado el agujero, una mancha que parece la boca de un túnel. En aquel socavón excavado con palas y trinches se fija la atención, la de las sombras que esperan arriba en la ladera, pero también la de los valientes que forman la cola a unos diez metros del agujero.

Son cinco siluetas inmóviles. Un sexto fantasma camina alrededor de ellas, habla con cada una, sostiene un megáfono caído, eleva la mirada y analiza la platea. En la colina sembrada de ojos una lucecita se apaga. Ángel hunde su cigarro en la nieve y contempla el baño de cristales minúsculos que se posan sobre el gusano arrugado y empiezan a enterrarlo. El clamor del rebaño solivianta su nuca. Fija su mirada en el arroyo, donde la primera valiente, que viene a ser tu valiente, está a punto de dar inicio al juego. Por desventura no puede agacharse, como lo haría una corredora olímpica, pero de todos modos hace el esfuerzo, casi la finta, de inclinarse un poco. Sabes que es ella, porque su bota verde loro es la marca escandalosa de su figura espigada. Las otras siluetas, las que vienen después, la rodean, le dan ánimos, la observan, como si fuera un bello ejemplar de su misma especie en peligro de extinción. Entonces, azuzados por el hombre del megáfono, los mirones de la colina se ponen de pie, y ahí es cuando Serena se lanza. Se balancea con las muletas, se columpia progresando a trompicones, y justo antes de alcanzar el boquete, se detiene, deja caer las muletas, hace equilibrio en el pie sano, da un salto esforzadísimo y cae. Se sumerge, desaparece en la negrura, escenifica su gesto entusiasta y reaparece, despertando aullidos, puños torpedeando el aire, el cabello pegado a la cabeza, las pupilas dilatadas y el rostro luminoso, bañado en aljófar, encendido por una felicidad sin contrapesos, aunque no lo puedas ver en la bruma rojiza, marihuanera.

—Quiero que nieve hasta el cielo —le susurra ella después al oído, mientras Ángel la arrastra, casi estibándola de vuelta al hotel: sus mejillas rojas y calientes, la mirada dulce y alucinada, el pecho impetuoso y marcial—. Quiero ver el asfalto encerado con hielo, quiero mojarme bajo una lluvia de huevos fritos, quiero que se desgarre la almohada de Dios, quiero que los ángeles no dejen de sangrar, que les sigan descalabrando muelas a todos los santos del paraíso allá arriba y que, por aquí abajo, prosiga la porfía de las barredoras, el desfile de los pasteles motorizados. Quiero que nieve hasta el cielo, ¿me entiendes?, porque cuando los ángeles se afeitan, los demonios se solazan con nosotros.

Después de sacarla del agujero entre dos, los otros valientes se la habían entregado empapada y temblorosa, hecha un enredo de sacudones y estornudos. Ángel la envolvió en una manta y le frotó vigorosamente la cabeza, rompiendo la aureola de hielo que se le había formado al salir del agua. Pobre patillo, equivocaste la estación y aquí te tengo, a mi merced, después de tanto tiempo, quién sabe si por vez primera: no hubo mares borrascosos para ti, pero esa traición de la geografía tampoco frenará tus expediciones. No dejó de sacudirse en todo el camino al hotel, y tampoco cuando le quitó la ropa mojada, le puso la piyama y la insertó en la cama bajo tres frazadas. Aumentó la calefacción y se aseguró de que las ventanas estuvieran cerradas. Pidió que les subieran una limonada caliente y se la hizo beber en el acto, a pesar de que ella se quejó, llamando «lava albina» a aquel filtro infernal. Estuvo profiriendo tonterías, la mayoría insultos contra Ángel y sus pobres dotes de enfermero, hasta que al fin se durmió, un gesto de amabilidad que él agradeció. Antes de evaporarse llegó a pronosticar que se perdería el tercer día del festival, pero que al cuarto resucitaría de entre los muertos para fatigar las cenizas. Cuando dejó de divagar el reloj de pared marcaba las nueve y veinticinco de la noche. El termómetro señalaba doce grados centígrados bajo cero en el exterior.

Amaneció piloteando en fiebre y naufragando en sudor. Tuvo que desnudarla de nuevo y ponerle una piyama seca. Pidió dos cafés con crema y miel y una porción de panqueques que terminó devorando él solo. Serena apenas entreabrió los ojos para declarar que se moría de frío y para preguntar, una vez más, qué impresión le había causado su salto mortal; luego afirmó: «lo que no logró el resbalón, lo hizo el agua helada: tumbarme». Y se volvió a dormir. Él se resignó a permanecer en el cuarto, velando su sueño intermitente, hasta que diera señas de mejoría.

Ángel se acomodó en el sofá con la laptop sobre las piernas y abrió el juego de ajedrez. Ni modo: si tenías que aburrirte, que fuera a fondo y sin remedio. Había perdido dos partidas y estaba a punto de hacer tablas en la tercera cuando, por primera vez desde su llegada, sonó el teléfono.

—Gracias. Voy para allá —dijo, extrañado, y colgó. ¿Qué había sido eso? Era raro que ninguno de los dos se hubiera dado cuenta del detalle. Al parecer, Serena había olvidado su mochila en el hospital de Nederland, adonde había sido llevada después del accidente. Dentro de la mochila habían encontrado una tarjeta del Libertarian's Inn. Fue así como consiguieron el número telefónico. Ángel no dejó de sorprenderse de que hubieran rebuscado los contenidos de la mochila, y más aún, de que le hubieran confesado ese acto prohibido sin pudor. Pero indignarse tampoco tendría el menor sentido. Iría para allá, recogería la mochila y estaría de regreso cual velocista fantasma, mucho antes de que Serena volviera a despertar.

El hospital quedaba en el 247 de la calle Tres, una trocha angosta de cinco cuadras de longitud. Se trataba de una cabaña gigántica, de tres pisos, con paredes de tablones y techo de pizarra a dos aguas. El parqueo, un terral convertido en pista de obstáculos por los numerosos cerros de nieve compacta, estaba casi vacío, a excepción de una ambulancia herrumbrosa que parecía no haber saboreado emergencias en varias décadas. En la entrada le sorprendió leer una placa recordatoria que informaba, con inusitado orgullo histórico, que en ese mismo edificio había funcionado, en la última década del siglo antepasado, el único prostíbulo de Nederland, dedicado a satisfacer las necesidades higiénicas de los vigorosos mineros de la zona.

En el vestíbulo una enfermera solitaria con los ojos semicerrados le hizo saber que debía subir al tercer piso y hablar con la encargada de la zona de Cuidados Intensivos. Ángel subió las escaleras y desembocó en otro largo pasillo orillado de puertas, idéntico al del primer piso. Al final del pasillo había un mostrador atendido por una mujer de rasgos vietnamitas que, por suerte, parecía estar más alerta que su colega. Se dirigió a ella en voz baja, con miedo a interrumpirla, pues la enfermera lucía muy concentrada en resolver un crucigrama. La mujer lo escuchó sin mirarlo y sin articular palabra. Después asintió, rebuscó en una caja de cartón y le extendió la mochila de jean con diseños de bayeta roja. Ángel le agradeció e hizo ademán de marcharse, pero la enfermera lo detuvo con una pregunta:

—Conoce al otro, ¿verdad?

—Perdón, ¿cuál otro?

—El hombre accidentado. El que trajeron con la chica.

—Digamos que sí. ¿Cómo se encuentra?

—Su condición es estable. Todo puede resumirse en un gran golpe en la cabeza. Con el impacto y la volcadura, salió expulsado de su asiento y cayó varios metros más allá del sitio del choque. Por suerte las ramas amortiguaron el aterrizaje. Le causaron algunos cortes en el rostro. Rasguños menores.

—Me alegro de que no fuera más grave. Ahora debo irme. Muchas gracias otra vez.

—Por favor, espere un momento.

La mujer cogió el teléfono. Marcó un par de números y dijo lo siguiente:

—Aquí lo tengo. ¿Le digo que pase? Muy bien.

Colgó el auricular y le dedicó a Ángel una amplia sonrisa.

—Señor, puede pasar. Habitación trescientos cuarenta y cinco. Su amigo estará feliz de verlo. Aquí entre nos, usted es su primera visita.

Ángel la observó. Frunció el ceño. Vaciló antes de consultar:
—¿Habló con él recién ahora?
—Sí.
—¿Está segura de que quiere verme a mí?
—A usted, claro. De hecho, lo ha estado esperando. Le comenté que pasaría por el artículo de su novia y me pidió que le avisara apenas se hiciera presente. Habitación trescientos cuarenta y cinco. Doble aquí a la derecha.

—Amigo peruano, dichosos los ojos que lo ven. ¿Qué hace ahí parado?, entre de una vez y cierre bien la puerta. Tome asiento, por favor. Alguien tiene que usar esa maldita silla, humanizarla. Pasé la noche entera sin quitarle el ojo, acechado por la conspiración de los objetos. La verdad, ya empezaba a ponerme nervioso.

Óskar Blues yacía en la cama. No estaba cubierto y llevaba una piyama verde cuyo saco le quedaba corto y dejaba ver la franja de una barriga velluda. Tenía una pierna flexionada y los brazos doblados hacia atrás; su cabeza, que no había perdido la pelambre color zanahoria, se apoyaba en sus manos. Esta vez no llevaba lentes y su barba relucía, húmeda, como si se acabara de duchar. La única huella del accidente era un leve arañazo en forma de cuña que cruzaba su mejilla izquierda. En conjunto, se le veía como un hombre en perfecto estado de salud.

—Gracias —musitó Ángel y se sentó al borde de la silla. No sabía qué más decir. La inexplicable jovialidad de Blues lo había dejado perplejo. Hablaba con tiento, consciente de que este hombre lo doblegaba.

—Infórmeme, ¿cómo sigue el tiempo allá afuera? No me diga que se ha vuelto a desgarrar la almohada del maestro de natura.

—No hace tanto frío. A lo mejor ya no lo siento.

—Muy bien, excelente —alzó una comisura Blues. Hizo una pausa antes de agregar—: el clima es un tema apasionante, pero desafortunadamente hay otros asuntos por tratar. Se estará preguntando lo mismo que yo.

—Eso depende.

—Verá que no. Solo ellos saben qué hago aquí, en la unidad de Cuidados Intensivos. Me cambiaron las costillas por la sopa de pollo, pero igual no me puedo quejar. La ciudad de Nederland corre con los gastos de tenerme casi preso, y además me tratan como a un rey aherrojado. Regalada situación en que me encuentro. ¿Qué más se puede pedir?

—Después de lo que pasó en el lago, es lo menos que pueden hacer.

—Totalmente cierto, claro que sí. Lo justo es lo justo. Después de todo, uno se sacrifica para dar la cara por el pueblo, para arrancar sonrisas a un par de turistas ignorantes, y después tiene una suerte del carajo si no se lleva un hueso roto. Mi Jeep quedó hecho un montón de chatarra. Usted, ¿cómo lo vio desde la orilla? Al menos fue espectacular, ¿sí o no?

—¿Yo? Mire, yo no...

—Usted, sí, claro que sí. No sigamos por ahí si le incomoda. A lo mejor estaba demasiado preocupado por la salud de Serena como para apreciar la estética del episodio. No lo culpo, cualquiera se espantaría con algo tan tremendo. Dicho sea de paso, ¿cómo sigue la estrella del esquí motorizado? No la veo desde ayer por la tarde cuando la soltaron.

—Salió bien librada. Apenas un esguince en el tobillo.

—Eso ya lo sé, y me alegra. Pero después de la zambullida, ¿no cogió un catarro, la pobrecita?

—No. Está bien. Pero, ¿cómo sabe que...?

—Excelente —rió Óskar de buena gana—. Es algo diferente esa chica, ¿no? Recia como ella sola. Pero a usted no hay nada que decirle. Aquí en el pueblo ya la conocen como la tough peruvian girl. Muchos hablan de ella, ¿lo sabía? Se ha hecho muy visible, su carácter no le deja otra alternativa. Todo lo contrario de usted, a decir verdad. Los opuestos entablan fiera y constante lucha, como se suele decir. Se repelen, se causan estragos y después se vuelven a juntar, como dos asteroides destinados a rozarse, a darse topecitos incitantes, hasta el fin de los tiempos.

Ángel guardó silencio. Miró a su alrededor para buscar sosiego en las cosas. Un embrión de furia coleteaba en su estómago.

Había un florero con rosas amarillas sobre la mesa de noche. Las cortinas estaban descorridas y podía verse una calle de tierra con charcos congelados.

—Cortesía del gobierno local. Un gesto bonito, me hace sentir como una niña mimada. Muy bien, ahora pasemos al asunto que nos convoca. Usted se preguntará por qué lo hago perder su tiempo. Como ve, me encuentro perfectamente, pero ellos se niegan a dejarme ir. El festival continúa y estando aquí encerrado, preñado de congojas, aunque sería injusto quejarse, uno pierde dinero. El restaurante está desatendido.

—El show debe seguir.

—Exacto. Y las manos nunca sobran. ¿No le interesaría ganarse algunos dólares para las próximas vacaciones?

—Creo que no. Lo siento. Me esperan.

Ángel se levantó y se dispuso a salir. Óskar descerrajó una carcajada corta.

—Veo que le hago pasar un mal rato. Discúlpeme, buscaré a otra persona. Gracias por visitarme. Siga disfrutando del festival.

—Que se mejore.

—Si estoy más sano que el primer hombre. No importa, lo que cuenta es la intención. Venga a verme cuando quiera, la oferta seguirá en pie hasta que alguien la tome. Dele mis saludos a Serena y no se olvide de comentarle que su parte está en la mochila.

—¿Su parte?

—Por su destacada participación. No es un botín millonario, sobre todo considerando lo que pasó. Es la cantidad que habíamos acordado. Dígale también que hay más de donde vino eso, si se anima a cazarlo. Sería cuando se mejore, naturalmente, pero usted ya la conoce. Mejorará. No me cabe la menor duda.

Ángel vio pasar un taxi y lo dejó ir. Caminaría hasta el hotel, se airearía la cabeza afiebrada y vencería su ofuscación. En diez minutos estaría sentado en la habitación, escuchando la respiración pausada de Serena, y habría olvidado el veneno de ese hombre. Se echó la mochila de Serena al hombro y empezó a andar. Aunque estaba casi vacío, el bulto le pesaba como si fuera un tumor que le jorobaba la espalda, que hubiera crecido ahí, hinchándole la piel, durante la humillante conversación. La afrenta, no podía llamarla de otra manera, se prolongaba en un ardor que le sonrojaba las mejillas y le erizaba la nuca. ¿Por qué no lo habías mandado a callar, por qué no lo agarraste del cogote cuando sentiste la fuerza para hacerlo? You shut your trap, you fat insolent bastard: la frase se manifestó sola y estuviste mascullándola sin cesar, tú, el impotente, el pusilánime, como un conjuro tardío, mientras caminabas pateando trozos de hielo apelmazado, cortando el machacante ajetreo que continuaba afincado en el pueblo.

Cuando vio la fachada de tablones verdes del Libertarian's Inn unas tres cuadras más adelante, sintió el impulso de seguir. Una fuerza que nació en sus corvas, trepó su espina dorsal y se descolgó, envolvente signo de interrogación, por encima de su cabeza, lo propulsó hacia el frente. Siguió caminando hasta el final de la calle y dobló la esquina. Se encontró ante una terraza con un letrero de neón rojo en el que se leía New Moon Café. En las mesas al aire libre los parroquianos daban la impresión de estar bebiendo algo más fuerte que lattes y chais. Un bajo profundo, que trepidaba desde el interior, hacía temblar la caja de su cráneo. Se metió entre la gente, avanzó entre las mesas, pasó de largo ante la banda indie que tocaba sobre un escenario saturado de graffitti. Encontró vacío un sillón de terciopelo guinda y se hundió entre los cojines. Una mesera le tomó la orden y volvió al segundo con su expreso doble y su apple fritter. Engulló el dulce en seco y, de un trago, despachó la mitad del café. Cerró los ojos y respiró hondo; la fuerza esa no retrocedía; por el contrario, seguía emitiendo su malestar de ramalazos fríos que atormentaban la espalda. Sintiendo, una vez más, la proximidad de lo inevitable, cogió la mochila y la vació encima de su regazo. Sería un canalla, pero no era tan idiota como para ignorar que Blues había sembrado allí algún mensaje.

Un neceser, una barrita de cereal, un poemario de un tal Ricardo Casaverde, una camiseta rosada, un sobre con cuatro billetes de cien dólares. La recompensa por su participación destacada. No estaba mal para iniciar una carrera de stunt double: era casi el doble de lo que solía sacar por un póster. Eso le dirías, que lo más sensato era abandonar los pinceles y cambiar de gremio. No le dirías eso, no le dirías nada, porque eras un cobarde ducho, curtido en múltiples arenas. Le entregarías la mochila haciéndote el imbécil y guardando una discreción que, necesitabas creer, te ennoblecía, te preservaba del fango: ¿cómo, si no, conservar el escaso respeto que te guardabas? En un arranque de dignidad devolvió los contenidos a la mochila y la cerró, sintiéndose admirablemente íntegro. Después notó que le había faltado un bolsillito secreto que se le reía en la cara, desafiándolo. Allí encontró una bolsita china de seda azul, decorada con dragones dorados. Contenía una tarjeta navideña con el dibujo de una bota roja repleta de regalos, bastones, estrellas, bolas de colores. Abrió la tarjeta y leyó un mensaje: May your holidays be full of love and sweet surprises. Le habían pegado una foto en blanco y negro tamaño polaroid, mal recortada, tijereteada con pulso ciego. Se fijó en la imagen, demorándose en entender de qué se trataba. Bebió un sorbo de café mientras sus ojos estudiaban, cada vez más iluminados, el paisaje lunar de la fotografía.

El fondo de la imagen era negro. En la esquina superior derecha decía, en letras blancas: Valenzuela, Serena. Debajo había otro nombre: Dr. Charles Egginton, Boulder Community Hospital. En las otras tres esquinas, largos códigos incomprensibles, secuencias de letras y números. En el centro del cuadro, un embudo invertido replicaba una especie de mapa agreste, pixeleado, un espacio de radiación blanca manchado de sombras y vacíos. Parecía una composición puntillista, con zonas más recargadas que otras. Podía ser tomada por la ampliación grotesca de un tejido neuronal, o por la visión desenfocada de una galaxia. La canija estrella negra de ese sistema solar era un agujero en cuyo centro se condensaba un gránulo de bordes irregulares: un erizo de luz. Al lado de este nódulo, que parecía ser la gracia de la foto, había una pareja de flechitas blancas y la palabra Baby!, leyenda que, como descripción del nódulo, dejaba mucho que desear, no decía realmente nada, nada que tú quisieras entender. En la parte superior derecha uno de los códigos cobró sentido, se rearmó como una hora: dos de la tarde con cincuenta y cuatro minutos y trece segundos. También había una fecha, noviembre del año pasado, pero el día exacto era indeterminable. La sinuosa línea de la tijera lo había desterrado de la imagen.

Así que noviembre. ¿Hacía cuánto? ¿Más o menos cuatro meses de aquello, días más, días menos? Probablemente, la foto esa había sido tomada alrededor de treinta días antes de su viaje a Torrecilla, alrededor de un mes antes de que ella le impusiera el safari fotográfico al norte de México. Vamos a ver, pongámonos serios, razonemos: ¿existía una conexión entre esas fechas tan próximas entre sí? Podía haberla, sin duda, pero antes de indagar en su sentido, había que añadir otro hecho a esa cadena sumergida: ¿habría ocurrido en algún momento de diciembre, cerca del viaje a Torrecilla, el evento que faltaba, la pérdida, la cancelación de las esperanzas congeladas en la fotografía? A finales de diciembre había abordado el autobús que lo llevó a cruzar la frontera; no había forma de determinar, empleando los datos disponibles, desde un punto de vista científico, digamos, si la pérdida había tenido lugar tiempo antes, o tiempo después de su salida del país, de manera que la posible existencia de una conexión entre el viaje y la pérdida debía, profesionalmente, dejarse entre paréntesis. En suspenso debía quedar también la intuición que se había insinuado en el vacío de su estómago, contra todo profesionalismo: el viaje había sido, de alguna manera incomprensible, una consecuencia de la pérdida, el resultado de una decisión tomada por Serena después de haberse enterado de que no tendría al bebé. Tampoco era imposible que Serena hubiese resuelto enviarte lejos de Boulder (es decir: deshacerse de ti; es decir: romper la relación; es decir: darte lo que merecías) solo después de haber confirmado que estaba embarazada y, tal vez, como fruto de esa confirmación, pero antes de haberse enterado de la pérdida. ¿Por qué, preciosa impenetrable, habrías obrado de ese modo? Las razones sobraban. Tu juventud, tu pobreza y tu desequilibrio, por no considerar tu falta de ánimo, no habrían sido las menos determinantes. Naturalmente, ya que estábamos caleidoscópicos, había que considerar el hecho posible de que ella hubiera cortejado la idea de hacerle saber que tendrían un hijo, aunque después se hubiera arrepentido. No había otra explicación para la tarjeta navideña que nunca fue enviada. ¿Por qué había decidido no enviártela? ¿Lo habría decidido antes o después de la pérdida? ¿Qué consecuencias se derivaban de cada alternativa? Tampoco sería lógico descartar la otra posibilidad: que no hubiese un vínculo causal; que el viaje y la pérdida fueran hechos sin relación entre sí. ¿Cómo responder a estas preguntas? ¿Contaba con todos los datos necesarios para alcanzar una conclusión definitiva que explicara la conducta de Serena? Quiso pensarlo más, quiso reflexionar y atar los cabos, de verdad que sí, pero tras un esfuerzo breve abandonó la empresa, fatigado. Se le había nublado la mente. Él no era un detective, no tenía caso fingir ni disfrazarse: admite que eres un farsante y deja de simular. Reconoció, pues, que a su cargo no habría interrogatorios, investigaciones, deducciones. Descubrió que este humilde ovillo de misterios lo acompañaría siempre, que pasaría el tiempo y acabaría por olvidar el asunto, que poco a poco iría perdiendo interés, si es que no la había perdido ya. Pregunta: ¿era su desidia la culpable de esta ignorancia? Otra pregunta: ¿cómo habría reaccionado otro, digamos un tipo normal, de hallarse en sus zapatos? Absurdo seguir estos hilos centrífugos. Había llegado tarde. Se trataba de un caso viejo que había sido archivado sin consultarle. El expediente sería olvidado en alguna sórdida oficinita y, muy poco después, empezaría a hacer su trabajo el último lector de los papeles que no importan: el polvo.

—Ella sola —pensó—. Ella misma, afrontando sin apoyo de nadie la muerte de un hijo dentro de sí. A mí, que estuve y estaré siempre lejos de ese hecho, solo me queda imaginar la frustración de una posibilidad perdida. Qué distancia más decisiva, incomprensible aquí y ahora. Será que a veces se hace imposible seguir viviendo como el anticuario; entonces hay que purgar, arrancar de raíz la mala hierba y empezar de nuevo, asumiendo que el pasado fue un mal sueño; de otra manera, uno queda encerrado en el barrio malo de la pesadilla, corriendo en círculos, subiendo y bajando como un electrocardiograma; fue esa la imagen que usaste, ¿verdad que sí? ¿De qué servimos los padres sin hijos? Siempre quedaremos al otro lado de la frontera. Ahora, si ella me odia, tiene toda la razón. Sin embargo, ni siquiera tengo derecho a indagar.

La puta que me parió, reflexionó con calma Ángel, saliendo del café y zambullendo la cabeza en el aire congelado, ¿y tan rápido eres para olvidar?, cuando apenas han pasado días, pero ¿cuántos?, ¿quién sabe? No importa, es lo que dijo, pero eso tampoco está, maté al vuelo esas palabras, no me desarreglé como debí y sigo siendo como soy, sucio y digno, una oportunidad perdida. ¿Esas fueron sus palabras, verdad? Eso fue lo que dijo el hombre del sombrero, prestamente olvidado y recurrente, como los cuerpos petrificados en el recuerdo, como yo mismo y como ella y como él, tiernísimo habitante fósil de un planeta renegrido. ¿Verdad que sí, no es como sentirse entrando, viajando lento pero seguro, hacia el estómago de un monstruo de hielo, besando a mi paso los distintos órganos calculadamente dispuestos, adosados aquí y allá a la túnica mucosa? Hace tiempo que vengo viajando, hace tiempo en demasía, aunque viajaba yo con mis dos ojos gachos, ojos chinos mirándose entre ellos, qué fotos ni qué México, allá abajo no se consiguen fotos como esta. Calidad pura, destilada. ¿Quién estaba, quién vendría de allí, y cuándo y cómo fue que se te velaron los negativos a ti, la más pendeja cara de nube, la ponedora de granizo, la experta en barrerlo todo bajo la alfombra antes de que caiga el telón del olvido? La máquina que espera detrás de la cretona roja es como el interior de tu estómago, tu pancita caníbal, la flor más glotona, engullidora de cartílagos finísimos y futuros imposibles. ¿Qué hacer, pues, cuando tu lugar en la trama se desvela, cuando te descubres próstata inútil situada al centro de un laberinto de toallas podridas, sin otra salida que contemplar el orden de la propia aniquilación, de una defunción organizada por otra? Preguntas inútiles, reflexiones cojudas, la puta que nos parió, Serena, la madre del cornudo, del alce aquí presente que se deja ir serpenteando por intestinos, por toboganes enraizados en la noche gélida, incapaz de hacer otra cosa que sonreír como un idiota y aceptar su infertilidad: the show must go on, es lo que se dice en estos casos, palmeándose la propia espalda al desearse una recuperación veloz, indolora, turística. La puta que me parió: habrá, si no queda más, que no desentonar demasiado, habrá que insertarse en un orden sin arañar las paredes de este vientre cerradito, redondito, perfectito, hasta que nos expulsen por el ojete y la luz se reinstale en el mundo. Entonces, será cuestión de continuar con lo de los pies en el sitio correcto, con los pasos uno detrás del otro, derechito hacia el matadero, que no es donde todo se acaba sino donde sigue, eso es lo peor, que todo siga y nada pase ni por dentro ni por fuera, quizá solo en instantes inútiles como el presente donde me doy cuenta de que quizá sea yo, quizá el hombre muerto y congelado sea yo mismo, el de los huevos en deshielo, el semen derretido y la rota estalactita de cristal, pedacería de virilidad quebrada en mil trocitos sin que nadie, y menos su dueño, pudiera evitar el trancazo que me desgració.

—¿Nada más?
—No —respondió Ángel. Estaba arrodillado junto a la cama de Serena. Tomaba su mano, apretándola o soltándola al compás de las modulaciones de su voz—. ¿Qué más podría haber dicho? Me contó del accidente, me entregó tu mochila. Nuestra conversación se limitó a esos dos puntos. Dejémoslo ahí, es una cojudez.
—Es que no —insistió ella—. Me pongo en tu sitio y no corre. Concédeme lo mismo, imagínate que el secreto te carcome por dentro. No sé si pensaba contártelo, no sé lo que pensaba.

—Ya fue. Para todo efecto práctico. Me dijiste que no pasó nada más y te creo. Tampoco necesitas reportarte a cada instante. No fue así durante y no será así después. De lo más idiota a estas alturas.

—De acuerdo. Ni cagando queremos ser eso. Explícame una cosa, ¿cómo se te ocurren esas pendejadas? ¿Con ese pobre huevón? Qué delirante eres. Un obse como tú no cambia jamás. Te veo clarito, estarás súper casado con alguna chibola americana, tres hijos en el asiento trasero de la van, y seguirás celándome como siempre. Aunque a larga distancia.

—Tú quisieras. Aunque fácil tienes razón. ¿Él te lo propuso? ¿Cómo fue?

—Los amigos de Blues querían hacerlo y me dije, ya que estamos aquí, por qué no completar la experiencia. Un «ya qué chucha», mezclado con un «podría ser paja». En verdad tenía miedo de que te enfadaras conmigo por arriesgada. Pero esas barreras no me detienen, nunca lo hicieron ni lo harán.

—Sueno a tu viejo diciendo esto, pero pudiste haberte matado. Ya sé que no pensaste en ese detallito. Por suerte caíste de pie, literalmente. Pasó, y por lo menos están ahí esos billetes, la evidencia del oprobio. Nos salió gratis el viajecito. Last but not least, fue divertido, ahí sobre el hielo, ¿o estoy alucinando?

—Tú te hubieras desmayado. Me hubieras visto. Óskar es un animal; de hecho, repetía esa frase sin parar: I'm a wild animal. Americanos huachafos. Yo gritaba como loca, un poco por show. En medio de tantos alharaquientos, era normal hacerte la estúpida. Retroceder en el tiempo. Como que te contagias del ambiente y ya no eres tú. Pero, a la vez, sabes que no eres una más de ellos, por cómo te miran. Nadie te deja olvidar que estás en un circo, o en un night club, y que tú ocupas la jaula central. Siempre la extraña de la foto.

—Perturbador. No sé si me gusta esa idea. Insisto, dejémoslo ahí y a otra cosa. Algo más antes de cerrar el tema. Me vas a perdonar, pero a ese Blues no lo ves más. Es una mala influencia para los jóvenes descarriados.

—Como diga usted, padre mío. Descuida, el pata ya me aburrió hace ratazo. Hay más desquiciados por conocer. Es broma, claro, no te sulfures. Más bien estaba pensando que te extraño. Sí, no te rías, es así aunque no lo creas. ¿Conoces a una pareja a punto de dejar de serlo más fría y desapegada que nosotros? Hay que remediar esa situación. Me desperté a eso de las once y te estuve pensando todo el tiempo. Ya estoy bien, así que, si me haces los honores, podríamos salir. Ensayemos una salida normal: tragos, cena, quizá discoteca después. Ya que no puedo bailar solo por mirar, digo, mismos babosos aguantados. Para que estés tranquilo, te prometo que no toco más nuestro tema tabú.

—Más que un tema, parece un universo tabú. Lleno de pastores mordelones, hombres de hielo, gente que sale volando por los aires. Me parece bien. Mientras el resto se hunde más y más en la demencia, daremos ejemplo de cordura. Déjame darme una ducha y ya pensamos juntos a dónde ir.

Increíble conseguir un restaurante japonés en este páramo de altura. Ángel repitió esta frase varias veces durante la noche: primero, con genuina sorpresa, cuando divisaron el letrero de neón violeta balanceándose en la calle Dos; más tarde, con aprensión y vergüenza, cuando la charla empezó a languidecer y él se mostró incapaz de reanimarla; y, por último, con indignación, mientras rebuscaba en su billetera al momento de pagar por los diez rollitos de sushi que habían consumido entre los dos, y tampoco había que desdeñar la botella de sake caliente. Al fin y al cabo, si estaban en una cita normal como había dictaminado Serena, lo correcto era actuar como un hombre y olvidar los cuatrocientos dólares de Óskar Blues. En ningún momento dejó de sonreír ni de soltar chistes absurdos y comentarios delirantes, a pesar de que los ochenta dólares desembolsados para cubrir la cena constituían una fuente de malestar, además de taladrar un agujero negro en tu triste futuro económico: siempre fuiste un miserable y un botarate, una mortífera combinación. Pero ya no ibas a cambiar.

Serena no quería quedarse con las ganas de bailar, y tú, al menos esta noche, estabas dispuesto a hacer cualquier cosa por ella. Ángel recordó haber oído la referencia en algún lugar, quizá en el café New Moon. La discoteca se llamaba The Church y quedaba al norte de Nederland, subiendo una ladera. Era reconocible por razones obvias. El local había sido, en otros tiempos, una iglesia de verdad, con un imponente portón de madera, vitrales de colores, una torre y un campanario. La única diferencia entre el pasado de aquel edificio y su presente estaba en los interiores, que se brindaban al ojo como los de cualquier otra discoteca. Creyeron que sería fácil llegar, pero se equivocaron, pues cinco iglesias verdaderas se les interpusieron en el camino antes de alcanzar The Church. El terremoto de la música les indicó que ese era el templo que buscaban. El antro reventaba de feligreses que saltaban, se revolvían y se arremolinaban en la cueva invisible, según lo prometía el juego de lásers que revoloteaban en los vitrales, como mariposas enloquecidas por el cautiverio. Una multitud de fieles hormigueaba frente a la puerta, pugnando por escurrirse dentro, mientras que un jayán que debía pesar unos doscientos kilos los escardaba pacientemente, de uno en uno, después de revisar sus documentos y estamparles un sello de calavera en el dorso de la mano.

Media hora después de llegar, se hallaban en la cueva de los leones. Una penumbra cerrada, pegajosa y retumbante los engolfó de inmediato. Ángel sintió que una cuchilla de sonido avanzaba barriéndolo todo, atravesaba su cuerpo y licuaba sus sesos. Un cardumen de lucecitas azules navegaba veloz en las tinieblas, moteando el cuerpo común de los bailarines, que se desplazaba como un oleaje de gelatina. No todos los símbolos religiosos que descubrían el antiguo uso del local habían sido retirados: apoyados contra las paredes, colgados de las columnas, suspendidos en las alturas de la nave, Ángel observó una multitud de santos católicos cuyas figuras habían sido violentadas por colores fulgurantes, dotadas de casacas de cuero, vestidos sexy, anteojos negros y latas de cerveza, parafernalia que los santos llevaban encima con dignidad, como si tratasen de replicar, en la cera, las poses y torsiones de los feligreses vivientes y danzantes.

Estuvo explorando a la deriva hasta que alguien colocó un vaso helado entre sus manos y vio resplandecer el maquillaje de Serena. Se refugiaron en una esquina para beber sus tragos, hablándose a gritos inútiles, resignados a no entenderse, burlándose de sus propios esfuerzos ahogados en el aire denso y vibrante. Cuando Ángel terminó su vaso, Serena se lo quitó de las manos y lo arrastró hacia la pista de baile. Ángel cerró los ojos y respiró hondo, haciendo de tripas corazón, puesto que si existía algún rito para el cual su vida no había sido diseñada, se trataba de la misma actividad absurda que hacía tan feliz a su novia. Por lo general habían sabido negociar sus diferencias, alternando enormes cuotas de sacrificio y frustración. Esta vez era su turno de complacerla, o por lo menos eso fue lo que creyó él. Imaginaba que, cuando menos lo esperase, Serena se quitaría la bota verde con perfecta naturalidad y, en lugar de un pie, descubriría una pata de zorro. La mano de Serena no lo liberó entre los bailarines, inesperadamente siguió jalándolo, hasta que llegaron a unas escaleras de caracol que se proyectaban hacia una altura imposible.

—¿Dónde quieres ir? —vociferó Ángel al oído de Serena. Ella pareció entender algo pues le contestó:

—Aquí nomás, a la torre.

Las escaleras de caracol terminaban en una salita con sillones de cuero celeste y pósters de bandas. Casi todos los sillones estaban ocupados por parejas que no advirtieron, o tal vez ignoraron, su aparición. Serena sonrió, encogiéndose de hombros, y le hizo una seña con la cabeza. Las parejas tampoco los vieron desaparecer por la puerta de vidrio que comunicaba con el exterior.

—¿Qué carajo? ¿Esto es iglesia o castillo?

—All along the watchtower —dijo Serena—. Los gringos ya no saben qué hacer, y quizá por eso deciden hacerlo todo junto al mismo tiempo.

Se sentaron en una de las mesas metálicas y prendieron un cigarro. Había cinco mesas más y un par de fumadores solitarios, encogidos por la frigidez, que aprovechaban aquel destierro helado. Debían de estar a más de cuatro pisos de altura, lo cual hacía de esa discoteca uno de los edificios más elevados del pueblo.

Desde la mesa donde fumaban se atalayaba la calle de abajo, así como las calles aledañas a The Church.

—Hoy recordé algo —empezó a relatar Ángel—. Una lectura prehistórica. No sé desde dónde la exhumé, pero intuyo que de una clase de literatura, tomada en Boulder o tal vez en Lima. Se trata de una crónica de Indias; no me preguntes por el autor, lo he olvidado. Solo recuerdo la lectura por un momento específico que, por alguna razón, me ha acompañado durante años. Te cuento un poco si prometes no aburrirte. La crónica se propone describir, para un lector europeo, las especies animales y vegetales que pueblan una isla del Caribe. En el pasaje que recuerdo, se habla de una planta muy extraña que no existe en el Viejo Mundo, y que por eso debe ser descrita minuciosamente. Si volviera a mí la cita exacta, me entenderías. Su esfuerzo está condenado al fracaso. Dice algo así, pero estoy falseándolo todo, como que es un plantón de altura considerable, cuyas hojas son grandes y ovaladas, gruesas y carnosas; y que estas hojas tan singulares nacen unas de otras, se engendran unas a otras sin descanso, porque el único fruto que son capaces de parir es una hoja nueva, idéntica a su madre, que también es una copia de la hoja que la dio a luz. Ya recuerdo, el nombre con que el cronista bautiza a esta especie es «árbol de las soldaduras». Parece que de ella se extrae un ungüento para curar heridas. ¿Adivinaste de qué planta estamos hablando? Apuesto a que los lectores del XVI quedaron igual de perplejos que tú, y por eso, porque sabe que su tentativa es insuficiente, el cronista recurre a un dibujo. Incluye un diagrama del árbol de las soldaduras junto a su descripción, y aunque así la cosa mejora, el cronista sabe demasiado bien que la experiencia directa no puede ser reemplazada por ningún texto. En un último gesto de hastío, invita al lector deseoso de conocer esa planta a visitar las Indias, donde dichos arbolillos crecen por montones. Esta es la última respuesta, la solución de un enigma que aparenta tener un carácter fantástico que, en verdad, no tiene. Nada es tan fantástico cuando uno descubre que la planta de la discordia, a pesar del lío que ha generado, es el cactus común y corriente. Una planta dura, correosa, resistente. Pasivo-agresiva. ¿No es conmovedor?

Ángel desvió los ojos, de los que afloraban lágrimas. Serena lo observó curiosa, sin entender cómo un recuerdo como ese podía desatar tal conmoción. Para combatir la tensión del ambiente, pero sin parecer desatinada, trajo a colación el recuerdo de otras lecturas menos espinosas: las novelas de un autor catalán que les gustaba a los dos y alguna vez habían leído juntos, en voz alta y revolcándose de risa con cada oración.

—¿Recuerdas las novelas cómicas de Eduardo Mendoza? Hablo de esas que tienen como protagonista a un detective que está loco, al que sacan de un manicomio para resolver casos reales, solucionar enigmas que, azarosamente, acaba desvelando. Recién se me vino una escena, no sé de cuál de las novelas, en la que una mujer muy guapa, debe de ser la heroína, le pone la mano en el hombro al detective loco, se la deja ahí en un gesto casual, y entonces el demente se echa a llorar en el acto, y después explica la razón de sus lágrimas. Este delirante dice que no puede recordar la última vez que otro ser humano, específicamente del género femenino, fue tan amable con él. Responde, ¿quieres parecerte a ese personaje? Por favor, trata de calmarte; domina tus emociones y mírame. Estoy aquí, contigo, estamos juntos y la noche es, no diré hermosa, pero sí interesante. Este es el momento menos indicado para quebrarse, hay un caso que nos seduce y estoy convencida de que tú y yo, unidos como un equipo, podemos llegar al fondo. Si somos incapaces de funcionar como una pareja, al menos podemos acompañarnos como socios en esta pesquisa. Aunque no me creas, ¿qué otra prueba necesitas de que te quiero?

La mirada de Ángel se perdió por esas calles vacías, mal alumbradas por un naranja barroso, hasta que los tambores empezaron a retumbar. Venían de una calle vecina y eran cada vez más fuertes. De un momento a otro se abrieron ventanas y puertas y se asomaron los curiosos, mientras que por las vías que rodeaban la discoteca se oyeron voces que se llamaban entre sí, carreras que anunciaban un flujo mayor. Un despertar de agitación. Ángel buscó los ojos de Serena y le dirigió una mirada de reconocimiento, aunque también de gratitud.

—Me había olvidado por completo. Es el famoso desfile.

—Lo siento. Sé que te prometí una cita normal. Pero tenía que verlo. Por otra parte, creo que el momento romántico ya ha pasado, ¿no?

—No me molesta para nada. Incluso me da un poco de curiosidad.

—Tampoco mientas, sé que estás aquí por mí y nada más: y lo aprecio mucho. ¿Recuerdas quién debe aparecer en este desfile?

—No creo que veamos al viejito congelado. Ese aparece cuando se le ocurre, según recuerdo. Quien viene ahora, quien ya está entre nosotros, es el asesino de las bolas arrancadas. ¿Será cierto?

Los primeros hombres doblaron la esquina y desfilaron por el centro de la pista, acercándose a la discoteca. Eran unos diez cargadores, todos disfrazados de policías, y llevaban sobre los hombros una jaula inmensa, cuyos barrotes habían sido forrados con papel aluminio. Al interior había una silla con un hombre sentado. Era un cuarentón medio calvo y subido de peso. El hombre traía las manos atadas detrás de la silla. Engalanaba su rostro un oxidado bozal de fierro. De rato en rato se removía en su asiento, tironeaba para aquí y para allá con fuerza. Por si la alusión cinematográfica no hubiera sido clara, la jaula traía un letrero que decía: Where are you, my precious little lamb? En uno de esos intentos por escapar, la silla se volcó y el hombre cayó y quedó acostado, sin poder incorporarse ni llamar la atención de sus cargadores, que siguieron adelante como si nada hubiera ocurrido.

La segunda jaula apareció al instante. Los cargadores iban desnudos a excepción de sus calzoncillos negros. Sus pieles habían sido untadas con hollín para que lucieran como africanos. En este caso, los barrotes ostentaban un forro verde, y algunas flores y hojas de plástico que simulaban enredaderas selváticas. Quien viajaba al interior iba, comprensiblemente, en cuatro patas. Le habían echado encima un pellejo naranja de rayas negras y llevaba una máscara de tigre. El hombre-tigre ofrecía un repertorio limitado de gracias: daba vueltas en redondo; alzaba una garra y arañaba al público, quizá con excesiva delicadeza gatuna; y presionaba el botón de un estéreo que emitía la grabación de un rugido.

La tercera jaula viajaba en la parte trasera de una pick-up. La camioneta era negra y traía las ventanas abiertas, dejando escapar un estruendo monstruoso; las puertas estaban decoradas con pequeños orificios, rodeados de sangre goteante, que fingían agujeros de bala; cada ventana permitía ver un monitor que retransmitía las incidencias del interior de la pajarera. Esta exhibía barrotes dorados y en su interior había un tubo plateado. Aferrada al tubo, girando a su alrededor, poniéndose de cabeza y saludando así a la concurrencia, viajaba una rubia de piel broncínea, solo visitada por los hilos de un bikini rosado. Al pasar frente a The Church la rubia soltó el tubo y recogió del piso un cuchillo, con el cual amenazó de muerte a sus admiradores. Luego se lo metió completo en la boca y lo fue sacando lentamente, acariciándose las amígdalas, pasándoselo por la raja de la lengua.

Cuando hubo desaparecido la pick-up le tocó el turno a un número singularmente ruidoso. Las sirenas de los cuatro vehículos policiales chillaron sin control, y las dagas giratorias de luces rojas y azules que se estrellaban contra las paredes crearon una segunda discoteca de circulinas bajo las estrellas. A primera vista era imposible determinar dónde llevaban preso a su cautivo. Quizá, para mayor realismo, lo llevaran oculto en alguno de los autos. Entonces se bajó el vidrio derecho del primer vehículo y emergió un megáfono reluciente —parecía recubierto de papel aluminio— que escupió, feroz, el siguiente mensaje destemplado: Step back, step back, get out of the sidewalk! Sin esperar a ser obedecidos los dos primeros automóviles tomaron por asalto las veredas, escogiendo uno la derecha y el otro la izquierda. Aceleraron quemando llantas, adelantaron a la pick-up y a los primeros dos carros alegóricos, y le cerraron el paso a la jaula del hombre del bozal. El desfile se detuvo y, de los tres autos, tanto de los dos que bloqueaban el paso como del rezagado, bajaron los policías, dos y cuatro y seis y ocho y diez y más efectivos del orden que, armados con metralletas, se lanzaron contra los cargadores, obligándolos a recular y a depositar sus jaulas sobre el asfalto. Mientras algunos guardianes de la paz dispersaban a los curiosos, los otros hicieron salir, uno por uno, al hombre, al tigre y a la rubia, que fueron reducidos, esposados y conducidos a los vehículos policiales. Los esperaban con las puertas abiertas. Las sirenas volvieron a chillar y los automóviles del convoy se mandaron mudar, tan veloces como habían aparecido, despedidos por una salva de silbidos y aplausos que inundó la calle, disolviéndose en la barahúnda de la discoteca.

—Bastante pobre —opinó Serena—. Esperaba otra cosa, ¿qué te pareció?

—Tendré pesadillas con el minino. Por favor, volvamos al hotel.

—Vamos, antes de que empieces a confundir la ficción y la realidad.

La sintió irse en escalas. En la oscuridad de la habitación Serena había sido una voz, primero clara y después gangosa; un calor, primero ardiente y después tibio; un temblor en las sábanas, que fue replegándose en el peso turbio del cuerpo, hasta que cada una de sus formas de existencia nocturna se apagó. Por ejemplo, dejó de hablarle abruptamente, se interrumpió en medio de una idea. Como si un largo pensamiento secreto hubiera tomado su mente, al igual que si alguna afrenta invisible la hubiera hecho enfadar de pronto. De eso hacía ya un buen rato. Después sus piernas se aflojaron. Se destrenzaron del abrazo, se acurrucaron solas, en una zona extranjera de la cama. Ángel no supo cuándo ocurrió, pues él también perdió la conciencia. Al volver en sí descubrió que la respiración de Serena atravesaba un limo espeso. Se levantó venciendo la modorra de su frente. Se vistió con sigilo y salió de la habitación, procurando no atropellar los muebles.

—Allá voy, Óskar —se dijo—. Me has conquistado a mí también.

El reloj del lobby daba las tres y cuarto de la mañana. Sin preámbulo, se dejó percibir que algo cambiaba, una apuesta general de la atmósfera que justificaba lo que encontró al salir del hotel: luz naciente, un resplandor que venía del otro lado del mundo y coronaba la cordillera. Ángel se detuvo a inspeccionar las cumbres, señaló una punta que tenía la forma de un triángulo perfecto: se llamaba Bear Peak y ya la había visitado alguna vez. Desde el pico el mundo entero era abarcable. Se puso en camino, atravesando los barrios que crecían hacia las zonas altas, haciéndose cada vez más empinados, hasta colisionar contra el pecho de la roca. Las luces de los postes se encadenaban en ascenso, oruga ambarina que se alejaba en la penumbra.

Elevó la mirada. Bear Peak era un capricho de peñascos rojizos que surgían sin orden, un ano tenso de líneas entreveradas rompiendo el denso manto de pinos que envolvía la tierra. Habría que andar unas seis horas hasta llegar, ¿darías la talla, por lo menos en esta aventura? Más allá del pico, su meta final, una torre de vapor se deslizaba con delectación, cubriendo la montaña, tornándose grisácea, su vientre recargado con las polvaredas de Wyoming. Un inequívoco aroma de heces se insinuaba en el viento, anuncio y síntoma de una atmósfera descompuesta. Ángel pensó que ya estaba en la ruta, que no tenía caso volver, y se echó a caminar por el sendero de tierra que esquivaba los pinos, acudía a puentes en los arroyos, se transformaba en escaleras de piedra, se cubría de maleza y de bellotas y se hacía una lucha voladora de saltamontes rojinegros, que alegraban con su música la aspereza del paisaje. La tormenta le salió al paso, reventó con furia a la media hora de camino, arrojando una catarata que creó arroyuelos en los bordes del sendero y lavó los árboles, arrancándoles un aroma penetrante que iba purificándose con la altura. Tras dos horas de aguacero se hizo un silencio; Ángel sacó sus guantes y se los puso; la mutación de la lluvia fue progresiva, una imperceptible cristalización que se transformó en un baño de blancura.

La tierra y los pinos no tardaron en argentarse. Sus pies se hundían, dejaban huellas, luchaban por avanzar. Miró hacia las alturas: una pared inclinada, una selva gris, y allá arriba un triángulo aún lejano, que la corriente de niebla cubría y descubría al pasar. Estaba a punto de dar la vuelta, de dar marcha atrás, cuando Serena lo cogió de la muñeca y lo jaló hacia adelante, obligándolo a seguir el rumbo decidido sin necesidad de decirle nada ni voluntad de escuchar objeciones. ¿Te vas a detener ahora, cuando ya andábamos tan cerca, pero de qué? Ángel se dejó arrastrar, colaboró con la ceguera de esa obstinación. Ella iba a la vanguardia, enfundada en su casaca roja, pero nunca giraba la cabeza, como si tuviera miedo de perder el rastro. Tal vez por la misma razón tampoco soltaba su muñeca. Por el contrario, poco a poco iba intensificando la presión.

—¿Qué hora es? —preguntó Serena, con los globos oculares desbocados, las pupilas sonámbulas: parecía una ciega—. ¿Qué hora es? Mira, ¿hay un cambio de luz? ¿Ya está anocheciendo? Apresúrate, no vamos a llegar. Sabes que debemos estar ahí hoy mismo. Esta noche a más tardar. No hay otra opción.

Ella apretó el paso, se mandó a correr. Por más que Ángel intentó seguirle el ritmo, sus piernas flaqueaban, se entrampaban entre ellas. Sentía que su corazón iba a estallar, pero aguantó un buen rato, sintiéndose valiente, hasta que tropezó y cayó como un niño atontado, admitiendo que a lo mejor allí debía quedarse: en el cieno. Permaneció arrodillado, los ojos clavados en la tierra, dejando que la nieve le humillara la nuca. Resollaba ferozmente. Sintió que jamás recuperaría el aliento. Cuando se puso de pie y quiso seguir, ella era una mancha extraviada en la blancura general de lo flotante y lo yacente.

¿Cómo recuperar la fe? No tenía caso perseguirla esta vez. Si ella no era capaz de frenarse, él tampoco sería capaz de acelerar. Cómoda solución, una salida negociada, un adiós digno y razonable ante la flagrante imposibilidad de seguir. ¿Fue así, o estabas ya escribiendo la falsa historia de los vencedores, la que te convendría repetir de aquí en adelante, por la salud de tu conciencia? Ángel se frotó los párpados y, procurando vulnerar los fantasmas del aire, volvió a mirar, sin esperanza de verla entre los copos: ya no vio nada, tan solo la caída de la nieve nocturna. Apoyó la espalda contra la pared y sacó la cajetilla de cigarros. Fumó tranquilo, disfrutando del silencio duro y compacto de la nevada. Corría un viento agradable, vigorizante; ¿cómo se diría a crisp winter night en español? La traducción exacta se le escapaba. Lanzó el pucho, cruzó la calle y penetró en el hospital de Nederland.

—Pase —lo invitó Óskar Blues—. Está abierto.

Empujó la puerta con suavidad y se asomó. Óskar seguía en cama, junto al florero de rosas amarillas. Era como si no se hubiera movido un centímetro desde que lo dejara en la tarde. La única modificación de la escena era la luz: ahora, una lamparita insuficiente amarilleaba el aire caliente y estancado.

—Siéntese. Me alegra verlo.

—Igualmente —dijo Ángel, acomodándose en la misma silla de la primera visita. Su voz rezumaba obsecuencia. Consciente de ello, no podía evitarlo.

—Espero que la enfermera no le haya dado problemas. Estas no son horas de recoger náufragos.

—Ninguno. Me vio y me hizo pasar.

—Excelente. Hace una hora debatimos sobre la política de visitas. Ahora que, según ellos, mi estado es delicado, debería racionar mis palabras.

Ángel lo escrutó. Su rostro se veía más pálido y huesudo que antes; dos ojeras circundaban sus ojos hundidos. Cierta inexplicable piedad se le insinuó.

—¿Qué es lo que tiene?

—Absolutamente nada. Dicen por ahí que estoy jodido por adentro. Me dieron una larga y aburrida explicación. Digan lo que digan, mañana estoy afuera. Bueno, a lo nuestro. Ahora que estamos cómodos, usted dirá.

—Vengo a discutir la oferta. La propuesta de trabajo que me hizo más temprano.

—Una docta decisión. Sabia y singular. Le soy sincero: para suerte suya, nadie más ha mostrado interés.

—No querrá decir que soy el único candidato.

—Es difícil conducir una búsqueda así desde la cama de un hospital. En este caso, importa poco. Siempre supe que usted era mi hombre. Hay un detalle clave. Me imagino que tendrá licencia de conducir.

—Así es. No hago acrobacias en el hielo, pero sé manejar.

—Aprecio su humor. Desatinado y predecible, aunque inevitable. ¿Tiene algo que hacer esta noche? ¿Podría aguantar sin dormir hasta la mañana?

—Sin problema. Un café no estaría de más.

—Puede tomárselo en la ruta. Debería estar de vuelta en Nederland a las nueve de la mañana, a más tardar. Más o menos en cinco horas. Tendría que partir dentro de una hora, disponiéndose a soportar el canto del pukupuku.

—¿Cuál sería mi vehículo?

—Hay una camioneta pick-up, una tanqueta Chevrolet Silverado, color magenta, en el parqueo trasero del restaurant. La reconocerá por el adornito que le cuelga por atrás: una pareja de generosos testículos cromados, uno a cada lado de la matrícula. Usted maneja hasta un lugar que le señalaré. Usted habla con Robby, el encargado —descuide, él se identificará—, él produce la carga y juntos la suben a la pick-up. Los dos juntos, inseparables, parten de inmediato. Estacionan la camioneta en el depósito del restaurante. Suben a mi oficina, donde tenga por seguro que estaré mañana a las nueve en punto, aunque deba fugarme de aquí, y usted me entrega la llave del vehículo. La pone en mis manos. Yo le extiendo su paga y nos despedimos. ¿Cómo la ve?

—Suena fácil. ¿Qué carga trae la Chevrolet?

—Insumos. Muchas cajas, básicamente.

—Dos horas de ida y dos horas de vuelta. Todo pasa dentro de Colorado.

—Usted va al norte. En la guantera de la Silverado encontrará una hoja de ruta. Solo vías principales, no se perderá. No es camino muy trajinado, a menos que se desmadeje el toldo celestial. ¿Preguntas?

—Varias. Aunque una en particular. ¿Por qué dice que pensó en mí para esto?

—Sencillo. Como se habrá dado cuenta, este es un trabajo de confianza. En cualquier momento puede usted darme por el culo y desaparecer. Es lo que haría cualquier mequetrefe de estos andurriales. Por eso no confío en nadie aquí. Tengo buenas referencias de usted.

—Las mejores, querrá decir.

—Sin dejar de ser realistas, por fortuna para mis intereses. Veo que lo hice sonreír.

—No fue usted. Mejor olvídelo. Pero me queda otra duda. ¿Por qué no la escogió a ella directamente? También sabe manejar.

—Muy impresionable y fantasiosa. No quiero a nadie que esté imaginando cosas. Solo necesito un emisario que no cometa errores y se olvide del asunto.

—Entendido. ¿Así que no me paga hasta el final?

—Eso lo podemos arreglar. Mitad y mitad, ¿qué me dice? Ahora me gustaría repasar el itinerario y los pasos a seguir. Es muy importante que retenga todo lo que voy a decir, ¿entiende?

Serena despertó de madrugada. Los dígitos zafiro del reloj-alarma amenazaban con marcar las cuatro. Semidormida, naufragando en el entresueño, no se percató de las sábanas arrugadas y vacías de la otra cama. Todos sus recursos los empleó en explicarse qué era lo que la había despertado. Aún le ardía el pecho: esa era una huella analizable. Respiraba agitadamente, temerosa de que esos como latigazos eléctricos, como ráfagas que venían a ras del suelo y trepaban la cama, volvieran a acosar su piel. Debía cerrar los ojos para recordar mejor. Visualizó una punta del sueño, el perfil de un hombre cuya columna vertebral era recorrida por una cerda de pelos largos, sedosos, que impulsaba la tesis de un monstruo, descendiente híbrido de humano y puercoespín. La idea de que aquella cerda pudiera rozar su pecho, acariciarla y dejarle ese malestar que traspasaba la vigilia, la asqueaba. Volvió a abrir los ojos, inspeccionando los rincones de la habitación sombría, persiguiendo la solución de ese sueño. Barajó la teoría pavorosa de que una rata se hubiera colado en el cuarto: esa tarde había dejado la puerta entreabierta por un momento. Imaginó un roedor caminando por encima de su cuerpo, surcando su pecho con ágiles patitas de uñas finas y sembrando allí una estela de escarcha. Rechazó sin razón alguna a la rata polizona. Hubo más explicaciones, pero estas fueron deshilvanándose, perdiendo consistencia, hundiéndose en el calor de su cuerpo. Cuando volvió a conciliar el sueño eran las cinco de la mañana.

Ocho y diez minutos. Mientras bebía el café fue recogiendo los signos dispersos. La otra cama vacía, aunque perfectamente tendida. Él jamás aprendió a hacer una cama. Su ropa colgando del clóset, toda la que se había traído de Boulder, a excepción del pantalón de corduroy, la camisa que parecía un mantel de cuadraditos rosas y el casacón de invierno. Escobilla, hilo dental, cortaúñas, en el baño. Su cámara fotográfica y su laptop, que no había usado en varios días, sobre el escritorio. En conclusión, no podía haberse ido demasiado lejos. ¿Un ataque de ansiedad, una súbita necesidad de nicotina? El cenicero al lado de su cama no había sido usado en varias horas. Tenía que haber salido muy poco después de que ella se durmiera, pasadas las tres de la mañana, de modo que ya llevaba cinco horas fuera. Los bares y discotecas cerraban todos, por ley del estado, a las dos en punto. Quizá se hubiera infiltrado en una fiesta privada, pero conociéndolo, dudaba que eso hubiera ocurrido. ¿No estaría deambulando solo por ahí, como solía hacer antes, profundizando en sus depresiones y rechazando cualquier contacto humano que pudiera rescatarlo del pozo? Era una pregunta peligrosa, pues venía encadenada a otra pregunta inútil, la sacaba de un lago glacial como si fuera su anzuelo: ¿y qué hago yo junto al chico que deambula solo? No, era injusto cargar contra él ahora, quizá estuviera en peligro. Imposible, no estaba en peligro, se había perdido por ahí creyendo que así se debe actuar en las despedidas, purificando su dolor para transformarlo en espectáculo de una sola butaca, la suya. ¿Le causaría placer la idea de saberla despierta y preguntándose por él, esperando su regreso, especulando sobre sus motivos? No podía descartarse la posibilidad de una venganza, un intercambio de roles. Una vez efectuado el trámite, ¿quién resultaba ser más obsesivo, él con sus escapadas histriónicas o ella con sus preguntas que no conducían a ninguna parte? Seguir por ahí no tenía caso.

Diez y media y sin noticia de su paradero. El tiempo ya empezaba a espesarse, a correr más lento: jalea amarga. De poco le había valido bajar a la calle, buscar uno de esos taxis-bicicleta y dejarse llevar por el barrio, charlando con el chico pedaleador y sonriéndole por cortesía. Lo normal hubiera sido montar bicicleta o trotar, pero no estaba de humor para sentirse sola. Su bota verde iba adelante, estirada, como si fuera una mascota a la que había sacado a pasear. Era el cuarto y último día del festival, y una calma imprevista pacificaba las calles. Cualquiera hubiese imaginado un gran final, colorido y estruendoso, pero a las diez de la mañana el pueblo parecía haber recobrado su parsimonia. En esos momentos la aparición de un hombre muerto congelado hubiese pasado, quizá, desapercibida. Se hizo pasear por un mercado callejero de verduras y frutas frescas, compró un kiwi y una manzana, y le pidió al chico que la devolviera a su hotel. El bicicletero se despidió con una sonrisa desconsolada, fingiendo eficaz que ella era su última cliente del año. Cuando ingresó al lobby vio a un gordito calvo con pinta de mexicano que esperaba de brazos cruzados, rodeado por una ciudadela de maletas. Aunque no lo había visto antes por ahí, se llevó la impresión de que no estaba llegando recién, sino más bien todo lo contrario, actitud en la que pronto —ese día, a más tardar mañana— sería masivamente imitado. Ellos dos tenían pensado marcharse esa noche, y cumplirían el plan, siempre y cuando él se dignara a reaparecer en algún momento del día.

Antes de que pudiera esquivar al intruso y dirigirse al ascensor, un botones la tomó del codo. Era un gringuito pálido y ratonil que parecía no haber cumplido los dieciséis. Puso en sus manos un sobre manila que contenía un objeto notorio, con peso y tamaño de libro. No le informó quién se lo mandaba. El sobre tampoco lo revelaba. El único dato que llevaba escrito era su nombre completo. Ella se lo acomodó bajo una axila, le dio las gracias y presionó el botón del ascensor. Ya en su habitación desgarró el sobre y rescató una antigualla que la hizo reír: era uno de esos prehistóricos casetes de video. Carecía de etiqueta que señalara el contenido. No había cartas, notas, explicaciones, nada. Maldita sea, ¿a quién se le ocurría usar ese formato en estos días? Incluso el clásico mensaje embotellado hubiera resultado más práctico que un video imposible de ver, único sobreviviente de una tecnología muerta. Se aproximó al televisor, escéptica, coqueteando con el imposible, y descubrió que lo acompañaba una videocasetera. Introdujo el video en la ranura, encendió el televisor y fue a sentarse en la cama. El recuadro de la ventana abierta era una pantalla azul cobalto que dejaba entrar los ruidos frugales, espaciados, de una localidad que vuelve a su letargo de los días profanos.

No te distraigas, debilucho. Restregó sus ojos inyectados con suficiente vigor como para arrancarlos de sus órbitas, y se esforzó por traspasar las costras blanquecinas que se aferraban a la luna como garrapatas. Nevaba sin descanso. Las pelusas gigantescas, que casi podían abarcar la palma de una mano, aterrizaban sobre el vidrio y hundían sus garras. La nieve había estado cayendo desde que salió de Nederland, al principio en forma de hielitos inofensivos, pero mientras más al norte se encaminaba, más gruesos se tornaban los copos y más emplastada lucía la ruta. Si bien eran apenas las once de la mañana, Ángel podría jurar que, tras el fugaz resplandor del amanecer, el cielo se había empezado a encapotar y la luz había iniciado una fuga sutil que, casi inadvertidamente, había sumido al mundo en tiniebla fangosa y silencio torturante.

—Tres horas de retraso —se dijo en voz baja, vocalizando con precisión y lentitud—. Si seguimos a este ritmo, quizá volvamos mañana temprano. O quizá no. Quién sabe si lo sensato no sería continuar hacia el norte, hacia la otra frontera, y no regresar más. Como quien corre en la noche con los ojos cerrados.

Debajo del asiento del copiloto buscó la espátula, se cubrió la boca y la nariz con la bufanda, y abandonó la camioneta. Un vientecillo frígido, perseguidor y entrometido, lo remeció como un choque eléctrico. Echó otra mirada a la casucha de madera. Si nadie había salido cuando tocó, tampoco lo harían ahora. El lugar estaba vacío, qué duda cabía, y además era culpa suya. Se había tardado en llegar y su contacto, ¿cómo mierda se llamaba?, había decidido no esperarlo. ¿Habría llamado a Óskar Blues, le habría informado ya de la insubordinación del novísimo empleado? El escuadrón de castigo llegaría en cualquier momento para disciplinar a los traidores. Revolviendo esta fantasía, se entretuvo en raspar la cáscara del vidrio, rasqueteándola cual si fuera el lomo intransigente de un cetáceo atacado de concheríos. Cuando volvió a estar limpio subió a la camioneta y fijó la mirada en la pantalla transparente, que pronto regresaría a su deformidad invernal. En ese instante percibió que un personaje recién aparecido —pantalones de jean, suéter rojo y gorro azul— cruzaba su campo visual con dirección a la casucha.

—Ya me vio —se dijo Ángel, y así fue: el personaje se detuvo en seco, observó la camioneta estacionada y, tras un instante de vacilación, endilgó hacia ella. Al acercarse su fisonomía cobró definición. Era un muchachito asiático exageradamente subido de peso. Su cara redonda, ensanchada por un espejo deformante, parecía un bollo pálido, en el cual los ojos eran dos ranuras y la boca un punto, un agujerito de temor y desconfianza. El joven se aproximó hasta la puerta y, del mismo modo en que lo habría hecho un niño curioso, pegó su rostro al vidrio. Ángel asintió a manera de saludo.

—Hey, ¿dónde te habías metido? Llevo una hora aquí esperándote.

—No es verdad —se defendió el asiático en tono neutro, sin exteriorizar sentimiento alguno: ni alivio ni censura. Al punto, veloz y eficaz—: voy y vengo. Tú ve abriendo la parte trasera y haciendo campo para Robby.

Fue así como recordó su nombre. No tuvo que esperarlo demasiado. Robby entró por la puerta de la casucha, permaneció en el interior no más de dos minutos, y al cabo reapareció por la puerta trasera, ahora empujando una carretilla enorme sobre la cual reposaba una caja metálica excesiva. Debía tener más de dos metros de altura, y de ancho, poco más de metro y medio. Penando y resoplando, empujando su carga por el terral resbaladizo, Robby llegó hasta la camioneta y la rodeó. Allí lo aguardaba Ángel, que le dirigió una mirada inquisitiva. ¿De qué insumos habría estado hablando Óskar Blues? Este no pareció darse por aludido. La pregunta implícita en la mirada de Ángel rebotó contra una faz alelada y enigmática.

—Ayúdame —lo instó Robby—. Hay que bajar el puente y empujarla hasta arriba. ¿Tú lo sabes bajar? Luego los dos empujamos juntos.

Hizo lo que le ordenaba. La caja era más pesada de lo que había imaginado. Su carga superaba, tranquilamente, los doscientos kilos. Una vez que la hubieron subido, se metieron en la cabina y Ángel encendió el motor y giró al máximo la rueda de la calefacción.

—Friecito cabrón, ¿no? Mi nombre es Ángel. Encantado de conocerte.

Por toda respuesta Robby extrajo una cajetilla de cigarros, sacó uno que procedió a colocar entre sus dientes y volvió a guardar la cajetilla en el bolsillo de su pantalón. Repitió la misma acción numerosas veces durante el camino de regreso a Nederland, sin darse tregua entre pucho y pucho, encadenándolos con tal constancia, que Ángel apostó contra sí mismo en más de una ocasión —y perdió cada vez— que ahora sí le pediría detenerse, parar en esta o aquella estación de servicio para adquirir un nuevo paquete. Robby debió de pasar a una segunda cajetilla discretamente, ya que ninguna podía contener tantos cigarros.

—¿Qué marca fumas? —pensó preguntarle, pero no lo hizo. La hosquedad de Robby no era muy acogedora. La conversación ligera no parecía contarse entre los dones de su acompañante, que no despegó los labios durante las primeras dos horas del trayecto. En determinado momento, quizá cuando paró mientes en que habían progresado escasos kilómetros, se volvió hacia Ángel y le preguntó si disponía de un teléfono celular.

—No tengo, pero yo que tú no me preocuparía ahora mismo. Tu jefe sabe de la tormenta. Cualquier retraso forma parte del plan.

—Dobla en la próxima —contestó Robby—. Conozco un atajo.

Por alguna razón la propuesta de Robby le produjo un escalofrío. Poco después su intuición confirmaría andar bien encaminada. El desvío en cuestión empalmaba con una calle angosta, una sinuosa vía de una sola dirección que trepaba dibujando eses entre lenguas de olorosos pinares. Al ir ganando altura la nevada se adensó. Los árboles aumentaron en número, entrelazando sus ramas con creciente lujuria. A diferencia de la interestatal, que parecía haber sido tomada por una procesión, la ruta nueva apenas los acogía a ellos y a ocasionales vehículos que surgían a cada tanto, apareciendo y desapareciendo por trochas de pedregal que se adentraban en la espesura. De vez en cuando se divisaban las paredes de mansiones ocultas tras los pinos.

Tal vez aquellas, imaginó Ángel, fueran las casas de los millonarios desconocidos, esos magnates que deambulaban por Colorado desde los años sesenta. Le habían contado la historia varias veces, la había escuchado de distintas bocas, pero todos sus informantes descubrían un sentimiento común: la admiración. Según había podido entender, tomándolo siempre por leyenda, subsistía por aquellas regiones un clan de sujetos misteriosos, cuyo número parecía ser considerable, quienes después de amasar fortunas gracias a la venta de narcóticos durante el apogeo de la contracultura, se habían recluido en mansiones campestres para gozar de lo ganado sin despertar las sospechas de la ley. A decir de algunos, la existencia de estos individuos explicaba la visible prosperidad de ciertas zonas del estado cuya actividad económica era modesta en el presente.

Deseoso de escuchar una nueva versión del mito, estaba a punto de preguntarle a Robby si sabía algo de esos millonarios encaletados cuando, expulsándolo de sus ensoñaciones, retumbó un ruido extraño: ¿qué fue eso? Un golpe, sin duda alguna. Un fuerte impacto que resonó en la parte trasera, donde estaba la caja: ¿una roca que cayó del cerro y se estrelló contra el metal? No podía ser, el ruido provino del interior. Fue una resonancia, un sonido apagado, hueco. Estaba preguntándose qué lo habría causado cuando pasó otra vez: un segundo impacto. Era obvio que el golpe provenía del interior de la caja.

—Me llamo Robby y soy de Corea —relató entonces su acompañante, rompiendo su silencio en el momento más inesperado—. Nací y crecí en Seúl. Mi padre era visitador médico. Mi madre murió cuando yo era un animalito sin dientes, sin mirada. ¿Has estado en Corea? La situación era pésima. Siempre lo fue. Hasta que mi padre, mi hermana mayor y yo viajamos a Estados Unidos. Entonces la situación empeoró. Vivíamos en Arizona. Jamás llovía, todo lo contrario de nuestra ciudad. Quizá por eso fue que mi padre enfermó de gravedad. Mi hermana y yo lo cuidamos hasta el día de su muerte. Después nos separamos, ella se fue a la costa oeste, al área de Portland, mientras que yo viajé a Denver. Nos hablamos por teléfono de vez en cuando, aunque no mucho, pues yo la odio. Me hizo un daño inmenso cuando éramos niños. Dice que allá llueve más que en Arizona, pero menos que en Seúl. Nunca nieva como en las montañas, aunque sí una o dos veces por invierno. Solo en los años buenos y nomás un polvito inútil. Ahora debemos abandonar esta carretera. Grave error fue desviarnos por aquí, vamos casi por la frontera del territorio enemigo.

Otro golpe. El tercero, idéntico a los otros dos. Tampoco esta vez pareció Robby darse por notificado. El estruendo puso fin a su brote de elocuencia, hundiéndolo en cenagosas meditaciones. En obediencia a los caprichos del coreano, Ángel detuvo la camioneta y dieron media vuelta para retornar a la carretera. Yendo de bajada alcanzaron una velocidad más respetable. No habían transcurrido cinco minutos desde el último golpe, cuando ya Ángel creía que la vuelta al silencio sería inapelable: entonces se empezó a oír un clamor lejano. Un ronco furor, un canto que se originaba en la floresta y sugería un concierto de instrumentos camuflados. Un silbido perforó dicho rumor. Fue prolongado, como la estela sonora de un cohete. Esta vez el evento musical había transcurrido lejos del vehículo. Habían bajado los vidrios para fumar, así que lo percibieron sin discusión. Ni siquiera hubo tiempo para que Robby narrase el siguiente capítulo de su biografía, el correspondiente a sus primeros meses en Denver: el segundo zumbido penetró en el vidrio frontal de la camioneta, incrustándose justo debajo del espejo retrovisor y estampando en aquel punto una súbita rajadura que mimó el diseño de una telaraña.

—¿Qué carajo...? —gritó Ángel, cabeceando el aire y girando el timón: casi se salen de la ruta—. ¿Disparos?

—El éter —contestó Robby, con voz calma y sensata, atribuyéndoles causas inesperadas a los fenómenos más recientes—.

Es que faltó éter, sí, por eso se han despertado y andan jodiendo la paciencia allá atrás. No hay dinero, repite siempre el señor Óskar, ni siquiera para el éter, pero yo lo veo a él cada día más gordo. Me preocupa su salud. Sufre de insoportables dolores de pecho. Es la llaga de mi corazón, dice él, pero yo pienso que es algo diferente. Tal vez una enfermedad como la que se llevó a mi padre. Aunque no son iguales los síntomas. Aquí lloverá poco pero no faltan aguas en mayo.

Por favor, aprieta de una vez el acelerador. Si seguimos aquí más tiempo nos coserán con la metralleta.

—¿Quién nos dispara?

—Estarán bien —apostilló Robby. Tenía los dedos entrelazados sobre el regazo y se los miraba—. No les pasará nada, se han dormido. Pero no debían despertar hasta la noche, debían seguir ahí bien quietecitos, esperando su momento para salir delante de todos. A mí me cuesta mucho aguardar hasta ese momento, es lo mejor del año, ¿sabes? El señor Óskar vive para este día. Se desvive por ellos y yo comparto su sentimiento. Hay que tratarlos bien, dice el señor, porque ellos son nuestro sustento.

Sobre todo, hay que protegerlos del enemigo, porque ellos son el enemigo y no debemos permitir que se despierten. Aunque a veces recobran el sentido, en cualquier momento, y entonces el señor se enoja, porque ellos se estresan. Se duelen mucho de su estado y después salen tristes y ojerosos, lo cual no le gusta a nadie. Parece que ya los perdimos.

Habían vuelto a la carretera principal. Una escolta de autos y camionetas los rodeó, salvaguardándolos del peligro. Ángel luchaba por mantenerse concentrado en el visor, pero la nieve pesada y húmeda seguía cayendo, y los parabrisas no aportaban en demasía, y muy poco era posible distinguir en la carretera —más allá de la rajadura en forma de telaraña cuyas guías crecían y viajaban, cuarteando la superficie gélida— a través de las sombras: un imperio de incógnitas donde prevalecía lo turbio.

—¿Ángel? ¿Eres tú?

Un caos de crujidos ensuciaba la línea. La voz de Ángel, lejana y desfalleciente, batalló a través del fragor.

—Sí. Estoy bien.

—Por tu puta madre, ¿dónde te habías metido?

—Tranquila, no pasó nada. Estoy molido, acabo de regresar a Nederland, pero nada más.

—¿Se puede saber adónde te fuiste? ¿No podías avisarme?

—No. Entiendo que te pongas así. Pero no podía avisar.

—¿Fuiste a Boulder?

—No. Y no sigas porque no te lo puedo decir ahora. No es momento de dar explicaciones.

—¿Entonces para qué llamas, para seguir jugando? ¿Por qué no puedes hablar por teléfono como cualquier ser humano normal?

—Estoy en la calle. Hay gente.

—Qué novedad. ¿Cuándo me vas a explicar qué andabas haciendo?

—Párala, te he dicho que estoy bien. Estoy yendo para allá. Cuando llegue te lo cuento, ¿de acuerdo? Ve cambiándote mientras te alcanzo, tenemos que salir.

—¿Salir? ¿No recuerdas que según los planes ya no deberíamos estar aquí?

—Esto es mayúsculo. Te aseguro, con perfecta convicción, que no saldrás decepcionada: estábamos mal, la teoría del método andino es absurda. Los pastores no son los culpables. Cuando te explique lo entenderás de inmediato. Ahora confía en mí.

—Yo debo ser idiota. Debo ser una tarada que sigue haciéndote caso una y otra vez, la más cojuda. Entonces, ¿ya estás viniendo al hotel?

—Estoy en camino. Te cuelgo.

—Espera. Una cosa. Para que no pienses que eres el único dueño de las sorpresas: hoy vi algo interesante.

—No me digas.

—Muy interesante, de hecho. ¿Te acuerdas que nos dijeron que el hombre congelado elegía el momento y el lugar menos pensados para dejarse ver? No se equivocaron. Hoy se me apareció, así como así. Vino hasta mi cuarto para darme los buenos días. Como si se hubiera enterado de que tú no estabas. ¿Y sabes qué? Tampoco se equivocaban en lo de su nacionalidad. Te sigo la historia cuando te materialices. Un beso.

Óskar Blues estaba sentado en una sillita, dando la espalda a la puerta de su local, como un pantocrátor del mundo flotante amparado por su pareja de molles protectores. Llevaba pantalones negros, una chaqueta de lentejuelas rojas, camisa blanca y corbata michi, también carmesí. Un cigarro le colgaba de la comisura.

La misión que lo retenía allí inmovilizado era difícil de determinar. Podría pensarse que estaba recibiendo y dando la bienvenida a sus clientes, si no fuera porque no se veía a nadie ingresar al local. A lo mejor se había cansado de aguardar fantasmas y por eso había adoptado aquella postura sedente. También era dable creer que lo que buscaba era convocar comensales empleando la fuerza magnética de su presencia, caso en el cual debería hablarse de un fracaso rotundo. Por último, era posible especular que Óskar Blues no se encontraba allí plantado, mirando hacia la calle, porque esperara atraer comensales en general, sino porque deseaba ver llegar a dos clientes en particular.

Cuando Ángel y Serena llegaron al restaurant Óskar se incorporó, esbozó una sonrisa hospitalaria y los invitó a pasar con su acostumbrada prosopopeya. Tras una venia le ofreció su brazo a Serena, que lo tomó sin chistar, devolviéndole una sonrisa cómplice aunque burlona y, en el fondo, resentida. Ángel no mereció miradas ni sonrisas, pero sí fue objeto de un comentario que Óskar lanzó en calculada voz alta:

—Yo, perfectamente, dulzura —declaró, dirigiéndose a Serena—. Encantado de estar todavía en el mundo de los vivos. Si quieres agradecerle a alguien por el bienestar de mi cuerpo y de mi bolsillo, agradécele a tu consorte. Sin él no estaríamos aquí esta noche. No lo niego, se tarda más de lo que uno desearía, pero hace el trabajo y lo hace bien. There's no doubt about it: estamos ante un verdadero sabueso de montaña.

Serena lo miró de reojo, frunciendo el ceño en señal de perplejidad, una perplejidad veteada de ira. Ángel se encogió de hombros; ella torció el rostro, haciéndose la ofendida. Las misteriosas palabras de Blues solo atizaban su curiosidad, que había sido maliciosamente estimulada por Ángel, para luego ser dejada en ascuas. Al llegar al hotel, apenas había deslizado la posibilidad de haber pasado el día ocupado en vagos negocios trascendentales, quizá —lo aceptó tras mucha insistencia—, trabajando para Óskar Blues. Por desgracia, la naturaleza y el resultado de aquel arduo trabajo no podía revelárselos de ninguna manera, porque le arruinaría una sorpresa que debía ser vista antes que contada. Ella había insistido más, él se había negado, y después de una frustrada batalla campal, aquí estaban, en el restaurante de su patrón: odiándose en silencio y esperando.

Es gracioso, pensaba Ángel: primero soy un pelele, manteado y mangoneado sin respiro; viene aquello de la bolsita china y me crece una voluntad sin límites, la voluntad de complacerla mediante una escrupulosa imitación: ser más serenista que Serena, de eso se trataba. ¿Cómo sigue la trama? Me extralimito; la emulo con ardor, incluso me meto con su hombre y esto ya no le gusta, porque mis actos tornan los suyos irrelevantes. ¿Para qué necesitamos dos Serenas si podemos elegir a una, la mejor? Aniquilarla a través del espejo, curiosa estrategia para evitar que te dejen. Transformarte tú, antes del abandono, en quien se está yendo.

—¿Qué se sirven? —preguntó Óskar, apoyado en la barra—. Lo que quieran, la casa invita. Es el último día de fiesta y estamos de gala. Es lo menos que puedo hacer por ustedes, ¿o no? —y le guiñó un ojo a Ángel, inclinándose para palmearle la espalda.

—La química es una ciencia fascinante —exclamó Serena, sin poder contenerse—. ¿Por qué lo digo, preguntan? Solo miren lo que ha hecho por ustedes, dos desconocidos que de un día para otro se juntan y, horas después, son los mejores amigos del mundo. ¿Quién lo diría, no? Misterios de la química.

—De la química no —corrigió Blues—. Más bien, de la meteorología, un saber rudimentario que las Montañas Rocosas conservan en su fase primitiva. ¿Saben cuál es la forma más fácil de convertirse en homeless en esta parte del país? Dedícate a predecir un clima impredecible. Mil y una veces te pasará y volverá a pasar lo que pasó hoy, para mala fortuna nuestra.

—¿Qué pasó? —preguntó Serena—. ¿Soy la única que no sabe nada en este lugar?

—Once pulgadas de leche fría —destajó Ángel—. ¿Te la crees?

—El temporal de la estación —explicó Óskar—. Ni siquiera en mi nativo pueblito de Ayersville recuerdo haber visto semejante monstruosidad. Un sistema que no aparecía en las computadoras logró atravesar la cordillera. Una nube obesa, un palacio de azúcar volátil, se estacionó justo al norte de aquí y estuvo vaciando sus estómagos sobre la tierra durante dieciséis horas. El hermoso resultado, un infierno blanco, un océano de fango transido. Si no me crees, pregúntaselo a él, que lo vivió en carne propia. Por si fuera poco, sobre ruedas, que es la peor de todas las formas.

—Sobre todo si eres impaciente —agregó Ángel—. Corres permanentemente riesgo de arrancarle la cabeza a cualquiera, incluso a ti mismo si viajas solo.

—Muchísimo cuidado con tus arranques —amenazó Blues, dándole una cachetadita en la mejilla—. Me habrías estropeado el negocio.

Serena los vio intercambiar miradas de inteligencia y soltar, al unísono, una carcajada que se encadenó con otras sucesivas, prolongándose ofensivamente. Durante los segundos que duró el común rugido secreto, el chiste privado, llegó a odiar con intachable sinceridad a aquellos dos hombres de mandíbulas batientes.

—Basta de tonterías —exclamó Blues, como enfadado consigo mismo, secándose las lágrimas—. Serena mía, debo pedirte disculpas. Veo que nuestro común amigo no te ha contado mucho de su travesía. Mejor para ti, porque el show te ofrecerá un encanto que para nosotros dos está perdido. Son otros nuestros placeres, placeres virgilianos, por llamarlos de algún modo. Ahora mismo percibo en ti un malestar nacido de causas diversas. Sospecho que, en mínima parte, puedo aliviarlo confiándote que la única razón por la cual no pensé en ti para esta faena, que habrías podido ejecutar en circunstancias diferentes, es el grillete ecológico que llevas atado al pie. En tus condiciones era imposible conducir durante tantas horas sin correr algún riesgo. Dicho esto, espero que no me guardes rencor. Señores, les pido disculparme. Debo bajar de una vez. En unos quince minutos me podrán seguir.

El hombrecito regordete avanzó hasta un sector cualquiera de la pared del frente, buscó un espacio delgado entre una rockola fulgurante y una máquina de videojuegos, y empujó el enchapado de madera. Este cedió, descubriendo una puerta giratoria.

—Todos lo vimos —observó Serena.

—¿Quiénes somos todos? Mira a tu alrededor, aquí no hay nadie.

En efecto: el escueto decorado de borrachos solitarios continuaba en pie. Si Óskar Blues había hablado de una noche de gala, de seguro esta no se realizaría en el ambiente donde se encontraban.

—No importa, lo vimos tú y yo. ¿Cuál es el sentido de un pasaje secreto que se muestra a los extraños?

—Tal vez ahí te equivocas. Tal vez ya no somos extraños.

—A pesar de que no lo estoy tratando bien al pobre Óskar —sonrió ella—. Igual, creo que le hemos caído en gracia.

—A él le resbalan esas cosas. La que me preocupa eres tú. ¿Cómo te sientes, podrás perdonarme este jueguito en el que te he metido?

—Quizá, depende de lo que veamos en un rato. Pero sí me llegó altamente, te lo confieso. Lo cual no me impide sentirme un poquito orgullosa de ti.

—Vaya, al fin lo dijiste. A mí esa ñizca de orgullo me permitirá ser feliz hasta el día de mi muerte. O al menos hasta que acabe esta noche.

—No te pongas así, me empalagas. Más bien ya es hora de bajar. No sé lo que habrá allí, pero te apuesto a que el canadiense está solo. Esperándonos.

—¿Canadiense, dijiste?

—Claro que sí, y no de cualquier región del país. ¿Dónde coño crees que está Ayersville?

—¿Dos? Por aquí, por favor —indicó la anfitriona, meciendo el culo hacia la mesita que les tocaba. Ángel la observó de cuerpo entero, tragando saliva. No era la misma de la primera vez. Su piel exhalaba el mismo aroma dulzón, mezcla de sudor y perfume barato, que exhalan las pieles de las bailarinas en los nightclubs.

—¿Está bien aquí?

—Sí, muchas gracias —dijo Serena al tomar asiento—. Y a ti, ¿qué carajo te pasa, quién te comió la lengua?

—Dos Long Islands —le pidió Ángel a la anfitriona, que se esfumó en la neblina rosada—. Estoy bien. Solo que la chica me hizo acordar de una antigua novia.

Serena cogió un grano de maíz tostado y se lo lanzó al pecho. Al instante se dio cuenta de lo que acababa de hacer y sonrió admirada.

—¿Viste? Canchita. Qué gusto más fino y más inusual.

—No me sorprende, viniendo de Óskar.

—Lo que sí me asombra es esta gentuza. Mira quiénes están.

Su mesita era una de las diez con las que contaba el pequeño búnker. Se trataba de un sótano de techo bajo que disponía, en una de sus esquinas, de un sencillo tablado, por ahora vacío. Entre aquellos cuatro muros se estancaba un calor viscoso. El humo de cigarrillo llenaba la sala, cuya decoración exhibía un motivo evidente: en las paredes colgaban diversas cabezas, como la de un león, un puma, un antílope, un oso y un búfalo, entre otros miembros del reino animal. La vestimenta de los hombres que ocupaban las otras mesitas, todos dueños de enormes barbas canosas, establecían con esas máscaras disecadas una correspondencia lógica: las botas de hule, los pantalones verde petróleo, los chalecos de guerra y las gorras oscuras, solo echaban en falta la escopeta de doble caño para completar el disfraz colectivo que se adueñaba del espacio subterráneo. En parejas o en tríos los cazadores se encorvaban sobre sus tragos, conversando en voz baja, aguardando.

—Soy la única mujer —comentó Serena—. Pero nadie me mira. Ni siquiera cuando entramos.

—También está la mesera. Aunque tienes razón, todos parecen estar muy concentrados.

—Aquí viene. A ver si consigue explicarme qué es todo esto.

Óskar Blues salió al escenario, enfocado por un tubo de luz que hacía resplandecer sus lentejuelas. Llevaba un micrófono en la mano, pese a que el tamaño del local lo hacía innecesario. Su aparición despertó algunas palmas desganadas. Sonreía con visible satisfacción, agradeciendo la recepción del público. Su frente bañada en sudor brillaba bajo el cono luminoso. Cuando empezó a hablar, tartamudeaba. Un jadeo cortaba su discurso, que empezó del siguiente modo:

—Queridos amigos, bienvenidos una vez más a este humilde teatro de las maravillas. Richard, James, Gavin, es un placer verlos por aquí. El otro día me dijeron que te habían encontrado por Durango, Richard, pero veo que eran habladurías. Creo que están todos, siempre fieles a Óskar Blues. No es por alabarme, mas ¿dónde más encontrarían la calidad que yo les doy, bastardos del submundo? ¿Están listos, hombres de la selva? Empecemos de una vez por todas, no es a mí a quien quieren ver. Esta vez los aplausos fueron más entusiastas. El sanguíneo maestro de ceremonias se despidió del público, dejó el micrófono en el suelo y bajó del tablado. Fue directamente a la mesita de Ángel y Serena, se sentó entre ellos y cogió uno de los vasos. Bebió agradecido, como si se tratara de un río que aliviase una fogata secreta.

—Disfrútenlo —les dijo—. Esta es la obra de mi vida.

No hubo intermedio entre el show de sus gárgaras y el arranque de un concierto de tambores, que parecía un cruce de salsa cubana con una imitación de melodía indígena. Entonces, de ambos lados del escenario, aparecieron dos grandes cajas más altas que un hombre, empujadas por sendas anfitrionas aromáticas. Las cajas venían munidas de ruedifas chirriantes y estaban cubiertas por telas azul oscuro con estrellas pegadas, fulgurantes estrellas doradas y plateadas. Salieron dos cajas de estas y luego dos más; las cuatro cajas fueron alineadas una al lado de la otra. Las anfitrionas se desintegraron y la música de tambores se hizo más intensa, más envolvente y lujuriosa, más selvática y africana, si se gusta. Ángel creyó sentir el sonido hueco, tribal, de lo que identificó como una batería de tinyas. Era el telón sonoro para el personaje que apareció a continuación: botas de hule, pantalón verde petróleo, chaleco de comando y gorra oscura, el hombre de hombros chorreados y panza prominente llevaba un pasamontañas de lana negra. Se paró en medio del estrado y abrió los brazos, acogiendo la ingente masa de palmas que, ahora sí, no le fueron escatimadas.

El cazador de pasamontañas se paseó de izquierda a derecha del tablado, recibiendo el amor de la sala durante largos minutos, hasta que se oyeron los primeros silbidos. Leyendo la impaciencia de los cazadores, los tambores se callaron y el encapuchado se dirigió a la primera caja. Aferrando la tela azul la jaló con violencia, descubriendo el interior de lo que reveló ser una cámara de vidrio.

—¿Estás viendo lo mismo que yo? —consultó Serena.

Dentro de la cámara, crisálida de desdichas, había un homúnculo casi desnudo. Estaba de pie y tenía los brazos extendidos.

Sus muñecas habían sido amarradas a los tablones de la cruz donde el personajillo gozaba su pasión. Llevaba una tanga roja, que no era su única prenda: el fragor del rojo podía adivinarse, atenuado, a través del velo barroco de un faldellín de muselina, lujosamente estriado de pliegues y arabescos. El hombrecito crucificado era bajo y muy delgado; incluso podría describírsele como escuchimizado hasta los huesos; su juventud era indudable, a juzgar por la tersura de su piel lozana, cobriza y lampiña, tensa y brillante, como si la hubieran untado con barniz. Cabizbajo, miraba al piso, y una sombra estratégica borraba su rostro, que era imposible de estudiar. Se podían ver algunos mechones erizados de su cabello negro retinto, los que acariciaban su frente al escapar del gorro de lana que le encasquetaba la cabeza. En cuanto a dicho gorro, se trataba, para evitar cualquier confusión del público, de un chullo rojo sangre, decorado con idénticas llamitas amarillas que desfilaban alrededor del cráneo, persiguiéndose unas a las otras en fila india.

—Es el Señor de los Temblores —comentó Serena: su gozo de estudiante aplicada era indisimulable—. Supongo que el otro estará disfrazado de terruco.

En ese instante el cazador encapuchado se quitó el pasamontañas, gesto que cortó la respiración de Ángel. Se trataba de Robby, el coreano melancólico que había sido su compañero de viaje. Robby descubrió los tres capullos restantes, que contenían ocupantes análogos al del primero. Las diferencias entre los cuatro prisioneros eran mínimas: años más, años menos; algunos gramos de grasa; centímetros de altura ganados o perdidos. Los chullos se jactaban del mismo diseño andinizante. Terminada su labor el cazador asiático se agachó a recoger el micrófono y dijo, con una facundia inusitada que parecía reservar para sus presentaciones:

—Con ustedes, los rebeldes, los renegados, los prófugos. Los que abandonaron la miseria por un futuro mejor, llegaron a nuestras montañas para trabajar por sus hijos, y aquí, entre nuestras peñas salvajes, entre las ovejas de nuestros rebaños, su memoria convertida en tiburón de dolores, enloquecieron y huyeron a la ciudad, transformados en pumas humanos con sed de venganza. Pero si ellos creyeron que podían asustarnos con sus malditos colmillos tritura-gabachos, ¿qué les diremos nosotros esta noche? Revuelvan los ojos con pavor, bestias diabólicas, porque les ha llegado la hora. Muchachos, ¿qué hacemos en este país con los asesinos de nuestros compatriotas?

—Ojo por ojo, diente por diente —se escuchó un rumor torvo, masticado entre muelas vibrantes de furia. Las luces del escenario giraron para iluminar al público. En respuesta a la invocación, cada uno de los cazadores que ocupaban las mesitas alzó un frasquito de vidrio. Al parecer su intención era mostrarles el contenido de aquellos pomos a los hombres desnudos. Cada uno enclaustraba una pareja de nueces arrugadas y oscuras, que flotaban acariciándose, cual entretejida yunta de luchadores idénticos, en medio de una solución cristalina y densa.

—¿Quién quiere cenar ostras de las Montañas Rocosas? —preguntó Robby: el sí del exaltado colectivo no se hizo esperar. Alentado por los aullidos, el coreano carnífice escogió una cámara de vidrio y le deslizó una puerta corrediza que hasta entonces había sido invisible. Se introdujo en la cámara de cristal junto al primer desnudo; se detuvo a centímetros de su cuerpo enjuto, observándole la coronilla, pues lo superaba en altura; le puso el micrófono en la boca. El indiecillo observó sin curiosidad aquella bola enrejillada, masculló un pelotón de voces incomprensibles y echó un velo a su pensamiento; no daba la impresión de guardar silencio, sino de ser incapaz de articular una frase, como si se hallara extenuado tras un cautiverio empedrado de palizas. El achurador se acuclilló a su lado y acostó el micrófono. De un garrazo le arrebató el vaporoso faldellín. Utilizando el pulgar y el índice de ambas manos, con medida delicadeza, le fue bajando poquito a poco la tanga roja, dejándosela enredada a la altura de las rodillas. Volvió a atenazar el micrófono, encaró desafiante al público y susurró el inicio de la fiesta:

—It's payback time.

Ángel miró hacia el techo. Pudo imaginar la tibieza de la piel algodonosa, el tamaño y la blandura del bocado, el volumen de carne llenando su cavidad bucal, la suavidad de aquel delicado habitante que pronto, al recibir la prensa de la mandíbula, estallaría instantáneamente, como una granada o un mejillón.

—Mejor adelántate —le dijo a Serena al salir del local—. Quiero dar unas vueltas antes de dormir.

Ella obedeció sin protestar. Asintió con una risita timorata y se alejó, ondulando con los dedos entrelazados detrás de la espalda. Era extraño: no te había mirado de frente en un buen rato, había procurado hablar lo menos posible. Si te empeñabas en dar un diagnóstico, debías aceptar que actuaba como si estuviera avergonzada, pero ¿de qué?

Ángel también se echó a caminar. Sabía muy bien dónde quería ir. Dobló la esquina del Óskar Blues, se introdujo por un callejón y empezó a rodear el edificio, buscándole la espalda. Avanzaba entre contenedores de basura, bocas desbordantes de pestilencia, aguantando la respiración para sortear las tufaradas. Llegó al estacionamiento del local, un cuadrilátero encerrado entre paredes de ladrillo, iluminado por un fluorescente parpadeante. El único vehículo parqueado era la Chevrolet magenta, de llantas y puertas enlodadas, que descansaba con justicia después de la misión cumplida: sus brillantes huevos de acero habían demostrado su valor. Una escalera de fierro pintada de verde trepaba cinco escalones hasta la puerta trasera del restaurante. Al interior la música seguía atronando, evidencia de que los últimos comensales se negaban a retirarse. Pronto apagarían la radio para ahuyentarlos. Ángel se sentó en el primer escalón, dándole la espalda al ruido de la fiesta. Prendió un cigarro y se resignó a esperar.

Algunos minutos después se abrió la puerta y emergió una ráfaga de estrépito. La silueta saliente la cerró y se quedó allí, indecisa. Ángel podía sentir el hincón de una mirada sobre su espalda, pero no se dio vuelta para recibir al aparecido. La silueta bajó los escalones que los separaban y se dejó caer a su lado.

—Qué noche —comentó Óskar—. A veces siento que estoy viejo para esto.

Ángel ignoró la queja. La voz de Blues delataba una jovialidad que cancelaba su sentido. Ceñudo, Ángel refugiaba las manos en el bolsillo de su casaca, transformando su inmóvil hosquedad en una respuesta implícita a la presencia del otro. Este, que no dejaba de espiarlo por el rabillo del ojo, debió notar algo amenazador en su compañero de escalón, pues se apartó de él. No demasiado, para no dar la impresión de que huía.

—¿Tienes un cigarro?

—Cómo no —dijo Ángel, poniéndose de pie y encarándolo. Su rostro sobresaltó a Blues. Empezó a rebuscar en sus bolsillos, pero de pronto se plantó en seco y fue como si se hundiera en sí mismo. Óskar Blues no tuvo tiempo de reaccionar: estaba ya acostado, dos zarpas apresándole las solapas, una rodilla enterrada en su estómago, un aliento fétido acosando su cara.

—Espera un poco —tartajeó, abiertamente horrorizado—, aguarda. ¿Qué quieres de mí? No hay necesidad de comportarse así, ninguna necesidad.

Sin soltarlo, Ángel le formuló una pregunta que resonó como una categórica afirmación.

—Ella te entregó la mochila para que me la dieras y tú sabías lo que había adentro.

—¿Qué dices? Por favor, muchacho. ¿Puedes repetir eso, por favor?

Un temblor sacudió el pecho de Óskar Blues. Una risotada telúrica, masiva, calentó la cara de Ángel, que se retiró un poco, perplejo.

—¿Era eso? —inquirió Blues, sonriendo con gran contento, que de puro vehemente se confundía con la indignación—. ¿Nada más que ese asuntillo tuyo, esa pequeñez? Caray; no lo habría pensado, pero creo que debería agradecerte. Por un momento pensé que te había nacido la conciencia y venías a reclamar por el trato que les ofrezco a tus coterráneos allá adentro. Ahora veo, sin embargo, que el cepo y el fuete te tienen sin cuidado.

Ángel retrocedió. Observaba a Blues con desconcierto. Este logró levantarse, resoplando, y alisó las arrugas de su rutilante chaqueta roja.

—Chico, ¿sabes cuál es tu problema?

—¿Cuál?

Al hacer esta pregunta, por una fracción de segundo, pero con tal fuerza que lo experimentó como una sensación física, Ángel estuvo en otro lugar, desperezándose en el Expreso Chihuahueño, envidiando un sombrero negro que jamás podría poseer.

Blues separó los labios, pero se arrepintió en el acto. Ángel se quedó con la impresión de que lo dicho a continuación no era lo que tenía pensado decir:

—No tiene caso. Tú también piensas que mi nombre es Óskar Blues, ¿sí o no?

—¿No lo es?

—Quisiera yo —esbozó una mueca triste—. Digamos que es mi nombre artístico, pero no me pertenece exclusivamente. Todos los administradores empleados por la cadena deben asumir el mismo nombre. Es política de la empresa para darse un toque de autenticidad: crear falsos dueños, fingir contacto humano. Lo cierto, compañero, es que hay decenas de Óskar Blues repartidos por la unión americana.

—No me lo habría imaginado.

—¿Verdad que no? Claro; la estrategia funciona a la perfección; es que tú, como todos, me creíste el dueño de un restaurante tradicional, un negocio familiar, herencia de padres a hijos. Pues lo siento. En realidad, tú y yo somos iguales, ambos respondemos a alguien más. Deberías darle vueltas a esa idea.

Óskar Blues se peinó la cabellera zanahoria con los dedos. Luego introdujo la mano libre en un bolsillo interior de la chaqueta y extrajo un frasquito de vidrio. Era idéntico a los que habían enarbolado los cazadores en el festín.

—Atrápalo —se lo arrojó; él lo cogió en el aire—. Considérate remunerado, y mucho más allá de tus méritos reales. Ahora debo volver. Dale mis recuerdos a esa paradójica Serena tuya, o quizá ya no tanto. Buenas noches y mejor viaje.

No hizo ademán de detenerlo. Lo vio abrir la puerta trasera, introducirse en el local y desaparecer en la sombra. Una vez dentro, pegó un inapelable portazo. Después lo escuchó manipular, ostensiblemente, un mecanismo de metal: quizá un cerrojo, quizá un candado.

—Es como una piedra —lo describió Serena, que iba al volante del Impala—. Me temo que te han estafado lindamente.

Ángel alzó el frasco de vidrio y lo miró a contraluz, ante el fondo desfilante de los pinos blancos, revestidos y sepultados por la nieve. Parecía increíble, aquella competencia insana por semejante trofeo, pero era cierto que había sucedido. Si no hubiera visto con sus propios ojos la genuina desesperación de los clientes, jamás habría aceptado que Óskar Blues le abonara así sus honorarios: ¿sería auténtico su contenido, sería una réplica?

—No me fastidies más, si tú también los viste. Los tíos pagaban en efectivo. Desesperados, ofrecían más plata, revoleaban sus billeteras, porque sabían que no había recuerdos para todos.

—Nadie quería irse sin su parejita de gemelos, pero a ti te tocó salir incompleto. Para qué eres cojudo. Encima, parece una pasa vieja. De cuándo será.

—Estaría más tranquilo si el tacaño de Blues no me hubiera quitado el cash que me había dado al principio. Así al menos tendría para el mes que viene. En fin, a la mierda; aunque no logre vender este guindón de oro, por lo menos valió la pena la experiencia.

—Cada día te veo mejor. Algo importante te llevas de este viaje. Hasta parece que te estás volviendo inteligente. Y solo gracias a mí, ¿te das cuenta?

—Nunca tanto, corazón. Olvidas que todavía no llegamos a Boulder. A lo mejor se me afloja el alma y empiezo a llorar como un descosido, aferrado a tus faldas.

Las aguas del reservorio se alzaron tras una maraña de troncos. Ángel notó que, en la parte profunda del lago congelado, una zona negra revelaba el inicio del descongelamiento. Parecía una pupila clavada en el centro mismo de la blancura, a inicios del proceso que continuaría hasta adentrarse en el corazón vegetal de la primavera. Cerró los ojos, tratando de imaginarse cómo se vería el mismo paisaje en pleno verano: vivificado por el oro. Siguió así durante unos minutos, agradeciendo el latigueo del viento en la mejilla. Recordó que esa mañana, cuando sonó el despertador, también había encastillado con fuerza los ojos, soñando que así la hora de partir se tardaría más en alcanzarlo. Al abrirlos de nuevo había recordado algo más, y miró a Serena, que aprisionaba el timón con sus manos huesudas, precisas como garras.

—Falta una pieza más, ahora que lo pienso. ¿Cómo era eso de que el hombre congelado te vino a visitar? Nunca me contaste nada, ¿qué fue?

—Ah, sí: eso. Comprenderás que tu entripado con Óskar desplazó ese otro tema. Pero sí, recibí una visita cuando estabas fuera, jugando al cazador. No del hombre congelado sino de su hijo, que me mandó un casete con una grabación de él mismo hablando pavada y media. Supongo que lo habrá andado repartiendo por todo el barrio, a modo de propaganda.

—Al final, ¿era peruano, o nada que ver?

—¡Peruanísimo, ja caraya! Perdona la efusión. En todo caso, acabó siendo tan peruano como tú y como yo. En el video ventilaba su historia, desde la infancia hasta ahora. ¿Te cuento más? Es largo el cuento.

—Espera, espera, no digas nada. Déjame adivinar; ya lo tengo. El pata debe de tener unos cuarenta y pico. Una vida normal la suya, supongo. Lo único que la distingue, lo que la vuelve ejemplar, es un dato curioso sobre el padre. ¿Sabes cuál era su oficio en vida? Lo sé, no podría ser otro: era músico criollo. Tocaba la guitarra, componía sus propias canciones. «En la estela del gran Felipe Pinglo», decía el hijo. Se presentaba en varias peñas, pero su único sueño real era volverse famoso en el extranjero. Triunfar afuera, ganar la ansiada internacionalización, como tantos otros artistas del medio local. Lamentablemente, jamás tuvo éxito fuera del reducido mundo del criollismo y murió sintiéndose un fracasado. ¿Sabes lo que decía la carta que le dejó a su único hijo?

Sí lo sabes, le pedía que lo congelara, pero además ahí explicaba que tal vez en el futuro, dentro de cientos de años, quizá miles, el público del mundo entendería por fin su genio y lo aclamaría como el gigante de artista que era. Un músico de talla universal, más allá de épocas y géneros; a ver, ¿acerté, o no?

—Claro que no, pues. Aunque, increíble como parece, no andas tan descaminado. El sujeto debe de tener sus treinta y pocos. La suya es una filmación casera bastante patética. Lo que se ve es un cuarto de paredes encaladas. En medio hay un púlpito estilo templo barrial y, a la izquierda, un póster sin enmarcar, prendido con tachuelas. La imagen exhibe la pintura clásica de Rugendas, El rapto de la cautiva; las tonalidades terrosas, sin embargo, han sido trocadas por colores chillones de raíz andina. Imagínate la paleta de un retablista, pero filtrada por el cedazo de un kitsch lisérgico. En un segundo plano, el perro que sigue al caballo es uno de esos quiltros calatos, tatuado con diseños mayas en azul. El único participante humano, el hombre orquesta, actor, director, camarógrafo, sonidista y responsable del atrezo, es nada más y nada menos que el hijo del fiambre, el vástago del hombre de hielo, cosa que podemos saber porque así se presenta el sujeto: «Yo soy el hijo del Hombre Muerto Congelado», son sus palabras textuales. Claro que solo las pronuncia, ya ubicado en el púlpito, una vez que se ha aproximado a la cámara para ajustar el encuadre y, por qué no, para cerciorarse de que queda pila.

—Encantador —la interrumpió Ángel, que empezaba a impacientarse—. ¿Qué hay de los asesinatos? ¿Se dice algo sobre Misti Layk'a?

—No sabría qué decirte. El patín no parece estar muy bien de la cabeza. No pude entender gran cosa. En parte porque su lenguaje es confuso, pero sobre todo porque le he ido perdiendo el interés a este asunto. ¿Para qué esforzarse en descifrar los delirios de un loquito?

Serena miró a Ángel, le sonrió y volvió a concentrarse en la ruta. Poco a poco su mirada fue recobrando la dureza que le era habitual. Ángel se entretuvo unos minutos con su frasquito, dándole vueltas, estudiando las grietas de su rugoso inquilino.

—Entiendo. Supongo que no obtuviste la inspiración que buscabas.

—Aciertas.

—¿Crees que esta experiencia se abra camino hasta alguno de tus futuros pósters?

—¿Será que hablo por gusto? No, lo dudo mucho. Me cuesta admitirlo. Creo que tenías razón desde un principio. Yo me equivoqué al darle demasiado valor a este pueblo. «Un gesto entusiasta», ¿fue así como lo llamaste? De eso mismo se trató. Hasta peor, la historia es un fiasco. Sus personajes desagradan. Incluso da vergüenza ajena presenciar sus líos, ¿no lo crees?

—Lo lamento. Siento mucho que salgas decepcionada.

—Tranquilo. Total, fue un intento válido. No perdimos nada, y siempre se puede buscar aventuras nuevas. En otros sitios, ya nunca más en este pueblucho, por supuesto.

—Es triste, ¿no?

—¿Qué es triste?

—Estoy pensando en la situación de esos pastores. Como bien dijo Blues, aunque cínicamente: son ellos los que pagan las peores consecuencias. ¿No te subleva?

—¿Acaso habría de hacerlo?

—No sé, tal vez. Hay verdades que se olvidan de puro obvias. Recuerda que son peruanos. No conoceremos el mundo andino, pero estamos unidos a esos pastores por lazos casi tan recios y duraderos como los de la sangre. No lo olvides, podríamos ser nosotros dos los que estuviéramos ahí, desnudos, esperando los colmillos del matarife.

—¿Qué dices? —Serena rió: fue una risa fugaz, algo fría—. Angelito, los versos que se te pasan por la cabeza. Dime tú, pues, quién es más cínico, Óskar o tú, mi querido secuaz de los explotadores. Sabes bien que nosotros nunca podríamos estar con ellos, al otro lado del cristal: ¿no lo has olvidado, verdad? Algunas realidades son como son y ya estuvo. Tú, si quisieras hacerlo, podrías quitarte los pantalones y acompañar a tus pastorcitos, movido por un tardío y nada coherente ataque de solidaridad. Pero para mí sería imposible, ¿no te parece?

—Por obvias razones que no necesitas explicar.
—Me alegra. Bien; ¿qué más decir?
—Solo una cosa más. ¿Conservas el casete?
—¿Quieres verlo? ¿O sea que desconfías de mi interpretación?
—No es eso. Sería simpático oír al loquito ese. Para reírse un rato, ¿no? ¿Lo tienes?
—Sí. Lo traje porque sabía que me pedirías verlo. Esta historia terminó siendo más tuya que mía. En algún rincón debo tener una videocasetera donde lo puedes ver.

Dicho esto, Serena se asiló en un mutismo que la acompañaría hasta llegar a Boulder. No tenía caso discutir más. Mientras tanto, Ángel se distrajo con el paisaje de la ruta. Adelante, bajo el cielo sin nubes de la mañana clara, el asfalto culebreaba al lado del río, que se tornaba más calmo al ir bajando hacia el llano. Las laderas del cañón ya se iban mostrando más amables, cada vez menos ásperas y más verdes, porque la gran nevada había perdonado a Boulder, aunque nada garantizaba que el invierno no se desquitaría con ellos esa noche, la última de todas, dada su conocida naturaleza impredecible.

Yo no soy como ustedes. Mi ayllu era pequeño, era triste y silencioso. No había en él penurias, el diablo se mantenía lejos. Tampoco había mujeres, ni danzantes, ni tambores que alegrasen los inviernos. Éramos hijos del desierto, y casi nadie nos conocía, y nadie venía a compartir nuestro pan. En el desierto del sur, había un gran castillo de mármol, y en él, una culta floresta, un vergel poblado de ruinas: entre las piedras cantaba una doncella, esperando tranquila, soñando conmigo, que no llegaba aún. Mi padre-hombre, mi padre joven, volvía al atardecer, sus ojos inyectados en sangre, castigados por el sol.

Ahí estaba él: de pie detrás de un púlpito, dando la espalda al póster de una ciudad asiática. Sus vivos ojos negros miraban de frente a la cámara, como si creyeran poder dirigirse directamente a su espectador, persuadirlo de una verdad urgente. No había propaganda aquí: había, más bien, una necesidad de expresión, un deseo de contar la propia historia. Su voz era enérgica, fluía segura de sí misma y asumía, con absoluta seriedad, curvaturas que podrían atribuírsele a un predicador. Se expresaba sin rastro de burla, cosa que sorprendió a Ángel, acostumbrado como estaba al temperamento de Serena. Tal vez fuera ese rasgo suyo el que le había vedado interesarse por las palabras del Hijo. Se comprendía entonces que la solución final del misterio, envuelto en un ropaje que ella habría llamado «solemne», le había parecido tan decepcionante.

Las naves viajaban hacia el norte. Mis ojitos muy abiertos, yo las veía pasar, una tras la otra, así viajando, y seguía su apretada peregrinación. Me llamaban con voces amargas, lloraban cual mujeres sus proas diligentes, pero yo no las podía seguir: quería recorrer esos senderos de cristal, pero mis pies no estaban listos, aún no podían besar las arenas mis pequeños, mis pobres y cansados pies. Allá, en los países del norte, tenía lugar la guerra; mientras aquí, en el arca de mi corazón, se empozaba la rabia, fructificando estaba el dolor. Un calor secreto me impedía conciliar el sueño, pasaba mis días sin probar el pan. Entre relámpagos de desolación, se me presentaron, yo los vi por primera vez, mucho antes de haberlos visto. Los fui conociendo, y los empecé a adorar en su prisión: sentaditos en círculo, tiritando entre las ovejitas; soplando sin fuerza sus quenas, perdidos en las guerras del norte lejano.

En algún momento Serena había deslizado la hipótesis de que el Hijo podía ser, también él, un pastor andino. Sin embargo, Ángel no se sorprendió al descubrir que estaba lejos de serlo. En la Lima más tradicional, sería considerado un pituco blanquiñoso. Su ropa lo revelaba como un cultor de la moda autóctona: llevaba ojotas, pantalón de bayeta, una chompa de lana con rombos naranjas y amarillos, una miríada de cintitas, pulseritas, anillitos, huairuros. Presa de un prejuicio, Ángel pensó que estaba escuchando a un antropólogo desquiciado. La confección de su discurso revelaba cierta instrucción, aunque pobre y dispersa, y tamizada por la locura. Ángel escuchó su extravagante discurso con atención, aferrándose a sus partes más claras y descifrando las enigmáticas para reconstruir la historia.

Raro es, en verdad, el hombre del norte. Forastero que busca a otro forastero, ¿quién será el que haya visto alguno? Es distinto el extranjero. Poco salen ellos de noche, casi nadie los conoce. Extraño es, en su tierra y fuera de ella, el norteño que gira en su lecho y siente con fuerza, en la intimidad de sus huesos, esa sed de reunión. En el pozo sensitivo de su estómago, esa inminencia del reencuentro jamás inquieta sus torpes sueños. Solo ustedes la conocen, con ustedes la aprendí: ese cosquilleo subterráneo, ese amor de juntamiento, que está en ustedes y está en mí, hermanitos míos, y nos iguala como los granos de una mazorca desperdigados en la noche del tiempo. ¡Oh, ancestral laberinto de almas rotas que pugna, desde antiguo! ¡Oh, corazón que llora y canta, en el oscuro, entre la nieve de los milenios!

De acuerdo con Óskar Blues hacía varios años que nadie tenía noticias del paradero del Hijo. Ello se debía, ahora podía afirmarlo, al hecho de que él mismo había abandonado Nederland por voluntad propia. Había salido de allí impulsado por un extraño sentimiento de incomodidad: cierto desasosiego que le impedía asentarse entre los otros. A nadie, ni siquiera a sus amigos del pueblo, informó de sus intenciones, pues al fin y al cabo eran extranjeros y, por más que le tuvieran aprecio, jamás podrían comprender el núcleo irreductible de su identidad. Tampoco podrían compartir sus secretas esperanzas, que se relacionaban con los bosques que rodean Nederland. Hacia ellos se dirigió, portando consigo la caja de hielo seco donde guardaba la cabeza de su padre: resuelto a morar allí, entre los pinos, protegido de la incomprensión por su soledad. ¿Quizá vio algo en esas alturas que le recordó, en su delirio, la sierra del Perú? Durante días de caminata incesante no cambió palabra con persona alguna ni bebió más agua que la de los arroyos. Cuando sentía hambre bajaba a las carreteras para mendigar alimento y regresaba presto a la espesura. Así habría continuado, desplazándose solo por la periferia de Nederland, si no hubiera sido por su encuentro con un grupo de pastores. Eran doce y vivían juntos, se habían conocido en el bosque. Al enterarse de su nacionalidad los consideró sus amigos —sus hermanos— sin más trámite.

En la noche oscura alcé mis ojos y los miré, yo los reconocí y ustedes, pastorcitos míos, me reconocieron. Descubrieron en mí al hereje, al perseguido por el águila de mil ojos; leyeron en mis arrugas, en los surcos de mi juventud perdida, los insultos, los rostros airados de los que aborrecen mi espíritu. Más tarde compartí su pan, me ofrecieron un lecho de ceniza, y bebí de su ayrampo mezclado con lágrimas, el más dulce que haya conocido. Purificado en el río de su amor, le pregunté a mi sagrado padre, que siempre me acompaña y vela por nosotros, si él y yo podríamos, al fin, descansar entre ustedes, en el regazo de un nuevo ayllu. Pero sus labios de hielo me susurraron al oído, ¡oh, sabiduría de los siglos!, que para nosotros no habría salvación. Pronto nos estarían persiguiendo, arrojándonos piedras estarían, quemando nuestras casas y envenenando nuestro ayrampo, y todos nos secaríamos, como la yerba que crece en los páramos de altura. Ni siquiera la pila cálida del último niño serrano regaría nuestras gargantas, ni derretir podría la dureza de mi Señor Padre, enterrado para siempre en su capullo de hielo.

Los pastores con los que trabó amistad se habían escapado de sus patrones. Descartada la retórica pomposa, su historia reproducía el modelo explicado por Óskar Blues: el maltrato, la fuga, la reunión con otros semejantes, el vagabundeo de la horda. ¿Por qué no se fueron a las ciudades, donde podrían encontrar trabajo? Ángel sospechó que algún contacto con la civilización debían tener. De lo contrario habrían sucumbido. Pero la versión narrada por el Hijo excluía todo vínculo con «los extranjeros», a los cuales parecía odiar en masa y con gratuita intensidad. Según el Hijo, él y sus pastores, que al instante se pusieron a sus órdenes, empezaron a recorrer las serranías de Colorado como una tribu de nómades. Dormían juntos en torno a las brasas de la fogata, cazaban animalitos, pescaban en los riachuelos y recolectaban frutos de los árboles. Por supuesto, no se aclara qué frutos serían aquellos: lo cierto es que los bosques de Colorado están muy lejos de ser huertas tropicales ansiosas por brindarse al paladar. De cuando en cuando aparecían sus enemigos, esas cuadrillas de matones contratados por los ganaderos, los burlados gamonales, para darles un escarmiento y, si podían, regresarlos a las garras de sus explotadores. Entonces la utopía pastoril daba lugar a grescas sangrientas, en las cuales los pastores se defendían usando picos, lampas, machetes y algunas armas de fuego que lograban arrebatarles a sus perseguidores. Así pasaba el tiempo, se iban yendo los años. La vida era dura pero la sobrellevaban serenos, agradecidos de su libertad.

Padre sagrado: en aquel tiempo tú sonreías entre los árboles. Cada mañana, bañado el bosque por tu luz buena, nos veías salir, contemplabas a tus pastorcitos, despidiéndonos con amor; y al atardecer de cada jornada, bebías nuestro sudor, consolabas nuestros cuerpos cansados, consagrabas nuestro bien ganado pan. Alrededor del fuego, la carne más jugosa de estas soledades pasaba de mano en mano, la verdad reinaba en las lenguas, y desde los árboles sonreías tú, complacido con tu prole; pues sabías que en nosotros, tus humildes hijos, jamás cabría maldad, pues sabías que el bosque danzaba con nosotros, ofreciéndonos frutos de magnífico sabor. El bosque, tu casa generosa, nos prodigaba sus criaturas, mientras el kiswar bajito cantaba, nos hería el alma como llanto de mujer. Entonces la paz estaba con nosotros, y en la tierra no existía la maldad.

En algún momento, aquella relativa estabilidad se quebró. En algún momento, aparecieron los hombres de Óskar Blues, el pionero de una forma de turismo que hallaba su materia prima en el cuerpo de los pastores. Entonces se inició, de verdad, la guerra. Comparadas con la ferocidad de Blues, las batallas con los enviados de los estancieros habían sido juegos de niños. Los nuevos sicarios disparaban sin asco, herían a los pastores y se los llevaban arrastrando, manchando de sangre los pajonales. Más de un miembro de la tribu fue asesinado por ellos. También ellos, quizá el mismo Robby, asesinaron al cartero y al dependiente, con el doble objetivo de fomentar la indignación de la opinión pública y de promocionar el espectáculo que empezó a ofrecerse, en marzo de cada año, durante los días del festival. De manera que los carteles firmados por Misti Layk'a, el Ángel de la Justicia, tenían que ser obra de Óskar Blues: el mayor enemigo de los pastores, peste y tragedia de los pinares de Nederland.

El diablo puka-kunka aparecía también, a veces; rabiando como un toro, peleando contra su propia sombra, pero nunca llegaba solo, pues cobarde es: no hay más, aunque el fuego baile en sus venas. Así nos echaba sus fieras, que llegaban de noche, ¡siempre!, olisqueando; no cuando cazábamos, no mientras reíamos, jamás cuando el grito de las cascadas deleitaba nuestros cuerpos, soñando entre las retamas. No: ellos llegaban después de oscurecer, y entonces nuestros ojos fatigados se abrían, y la pena rompía nuestros pechos, y la guerra asolaba la campaña porque siempre el diablo rojo, el diablo puka-kunka bañado en sangre de nuestras venas, se sentaba a nuestra mesa, comía nuestro pan. Nos espiaba con lujuria, nos sacaba de la tierra, como frutos nos cogía: nuestras pingas temerosas sin asco las cortaba, alimento exquisito para sus labios éramos. Tú, padre, lo sabías, y nos mirabas compadecido entre las ramas más altas, aunque nada podías hacer: ¡apenas mirando con tus tristes ojos de hielo, apenas llorando el despojo con tus ciegos ojos de sal!

Pero la situación cambiaría. Así se lo aseguraba el Hijo a sus pastores, que peleaban con valentía, aunque algunos de ellos empezaran a desertar. De los doce pastores originales, solo quedaban tres; los otros murieron o regresaron a sus rebaños, espantados por la violencia de Blues. Algunos traidores decidieron trabajar para el enemigo. El Hijo sufría estas pérdidas con entereza, pues sabía que la guerra era inevitable, como inevitable sería también el triunfo. Esta idea de su destino manifiesto llegó acompañada de un mito que el líder de los pastores compartía con sus tropas en torno a la fogata, al fin de cada jornada. Dicho mito, no es preciso decirlo, estaba relacionado con la inminente resurrección de su padre. Si la ciencia les había fallado, otros serían los medios, por otros caminos habría que perseguir la venida al mundo del salvador, aquel que derrotaría al diablo, pondría fin a la guerra y señalaría la venida de tiempos más prósperos. ¿Cuándo, cómo y dónde resucitaría el Hombre de Hielo? Esta información, claro está, no la proporcionaba el Hijo del Redentor. El video, que dura casi una hora, concluye con una injustificada nota de optimismo.

Oh, pastor mayor, pastor de pastores. Oh, padre sagrado, señor del invierno fuerte: tú nos conoces, ya seguiste nuestra lucha; por ti batallamos, padre gélido, por ti olvidamos probar el pan. ¿Cuándo descansaremos, varayok' de cabreros? ¿Cuándo podremos dormir, recostados a tu vera, entre las ruinas del vergel? Tu reino aguarda, nos llama sin hablar; el enemigo rabia, nos maldice cada día, porque no conoce a nadie, nadie lo reconoce a él. Mas su imperio se desvanecerá: oh, demonio de altura, el alba se acerca, ya se apresta su llegada. Duélete de tus ofensas, Misti Layk'a, bebe nuestras lágrimas y conoce nuestro dolor, pues cuando los pulmones de nuestro sagrado padre gélido recuperen el soplo, y su garganta recobre la añorada voz, y sus miembros recorran el mundo de abajo para juntarse con su cabeza, y la balita encajada en su sesera florezca como una calandria, y de sus místicos huevos congelados salgan las crías de los cuatro vientos, un gran castillo de mármol se alzará ante nuestros ojos tristes, y nuestros cansados pies, orgullosos, a su orilla hallarán sosiego. Entonces nos sentaremos a tu mesa, padre nuestro, y tú beberás nuestro ayrampo, probarás nuestra carne y compartirás nuestro pan. El desierto se convertirá en océano, y el océano se convertirá en desierto, y tú festejarás con la multitud de tus hijos y quizá habrá mujeres, danzantes, tambores: tal vez sea así. Oh, padre sagrado, ¡queremos oír tu voz, no dilates tu venida! Porque penamos sin agua fresca, y saboreamos sin cesar la hiel: tu falta es como herida del cielo, como sombra que aprieta el corazón.

—¿Hiciste tu maleta?
—Sí.
—¿Seguro?
—Completamente.
—¿No te olvidas de nada?
—Creo que no.
—¿No te estarás llevando algún libro mío, alguna película?
—Nada que ver, revisa si quieres.
—No te pases. Era broma nada más.
—Ya lo sé.
—¿El bus a qué hora salía?
—Todavía a las diez. Tenemos una hora y media.

—No es mucho tiempo. Imagínate que pase algo, un accidente en la carretera, qué sé yo.
—¿Tú crees que deberíamos salir ya?
—Creo, sí. Sería lo más prudente.
—Está bien. Vamos, pues.
—Vamos. Además, hay que cruzar el centro para llegar a la estación.
—No hay tanto tráfico a esta hora.
—Igual, mejor prevenir.
—Como quieras. Voy por mi maleta.
—Dale. Espera. Una pregunta: ¿llegaste a ver el video?
—Sí. Esta tarde, cuando saliste a correr.
—Ah, mira tú. ¿Y qué te pareció?
—Difícil de precisar. En principio, me estaba interesando. Después me di cuenta de que tenías razón. El sujeto ese está fuera de sí. No se saca nada de lo que dice.
—¿Viste? Te lo advertí. Nunca me haces caso.
—Pues debería cambiar mis hábitos. Esta vez no te equivocaste.
—¿Cuándo me he equivocado yo? No pongas esa cara, te estoy jodiendo. En fin, basta de charla. Vamos yendo.
—Si en eso estamos. Qué apurada.
—No quiero que pierdas el bus. No estás para tirar la plata.
—¿Para qué me lo recuerdas? A veces logro olvidar ese detalle. Solo entonces soy feliz.
—Yo creo que deberías pensar más, mucho más, en ese detalle. Solucionar, de una vez por todas, tu problema económico, que es la raíz de todos tus males.
—No sé. Puede ser.
—Hazme caso. Yo no hablo por gusto.
—De acuerdo. Te haré caso. Trataré de ser más ahorrativo.
—Empieza esta noche, por ejemplo. Cuidadito con comprar cigarros en la carretera. Son carísimos y cada vez te hacen peor. Esa tos que tienes no es normal.
—Bueno, bueno. ¿La cortamos?
—Tú eres el que empieza. ¿Me vas a hacer caso o no?

—Sí, te haré caso. No compraré cigarros.

—¿Me lo prometes?

—Prometido.

—No sé si cumplirás. Como sea, me siento más tranquila.

—También yo. Por lo menos, sé que podré desayunar mañana.

—Tampoco te hagas el indigente. Nada de lo básico te falta.

—Es verdad. Soy muy quejón, a veces. Me lo dicen mucho.

—¿Quién te lo dice? ¿Las chicas mexicanas?

—Esas no sé quiénes son. No las conozco.

—No vengas a hacerte el huevón. En fin, tú sabes lo que haces.

—Eso espero.

—Sí, verás que todo saldrá bien. Tus fotos son cada vez mejores. Tú sigue dándole nomás, y ya verás que todo funciona.

—Te creeré. Vamos a ver. ¿Puedo llamarte para irte contando cómo me va?

—Claro, llama cuando quieras. Yo seguiré por aquí. Estamos en contacto.

—Perfecto. Tú también llama, ¿sí? Me alegraría mucho que lo hicieras.

—Te llamaré. Sin ninguna duda. Te llamaré con frecuencia.

—Muy bien. Esa idea me tranquiliza.

—Qué bueno. ¿Estabas intranquilo?

—Un poco, sí. Pero ya estoy mejor. Sabiendo que hablaremos y eso.

—Claro que sí. De todas maneras, hablaremos con cierta frecuencia. Depende de los dos. Hay que mantener el hábito, ¿de acuerdo?

—Cuenta conmigo. Te llamaré seguido.

—Excelente. Eso me gusta. En fin, partamos ya, ¿sí? No me gusta llegar tarde.

—Pero si eres tú la que retrasa las cosas. Voy por mi maleta.

—Ve rápido. Yo te espero aquí.

—Muy bien. Subo y bajo, ya está hecha.

—Eso me dijiste. Espero que sea cierto.

—Es cierto. Ya voy. Solo algo más. ¿Puedo llevarme el video?

—¿Qué? Sí, cómo no. A mí no me hace ninguna falta. ¿Para qué lo quieres?

—No sé. No puedo responder a esa pregunta. Simplemente me gustaría tenerlo.

—Allá tú. Por supuesto, llévatelo. Ya me había olvidado de él.

—Gracias. Me lo llevo entonces.

—Como quieras. Desde ahora es tuyo.

—Genial. Entonces voy por la maleta.

—Hace rato dijiste lo mismo. Anda de una vez, mejor te espero en el carro.

—Recuerda que no es tuyo. Tienes que devolverlo después de dejarme en la estación.

—Obvio, ¿con quién crees que estás hablando? Vamos a la estación, te dejo ahí y lo llevo a la empresa. Así son las cosas en este país.

—Menos mal. Ya decía yo.

—¿Ya decías qué? No seas idiota. Bueno, me aburrí. Trae tu maleta, yo te espero afuera. Se nos ha pasado el tiempo sin darnos cuenta.

—No te estreses. Subo y bajo, ¿de acuerdo? Como te dije, ya está hecha. Meto un par de cositas más y adiós, nos fuimos de aquí.

Serena,

Ya ves, no podía terminar así. El caso resuelto, los detectives felices y la merecida vuelta al hogar. Dirás que me quejo porque, a diferencia tuya, yo no tengo hogar al que volver, ni tribu a la que plegarme; en parte, no te falta razón. Sé que estoy violando tu mandato al escribirte esta carta imaginaria, esta coda o comento innecesario, pero importa poco, pues no pienso enviártela ni revelarte las ideas que voy atando en mi cuaderno. Hay un joven escritor peruano en el que pienso mientras viajo en el Expreso Chihuahueño, esta vez haciendo el camino de vuelta. Los dos hemos leído sus cuentos, pero a mí me gustan y a ti no: he ahí una de las diferencias, tal vez no tan nimia como parece, que nos alejan, entre tantas otras. En una de las colecciones de cuentos del escritor, un personaje adolescente, que debe tener unos diez años menos que yo, narra un viaje en autobús que se parece demasiado, peligrosamente, al mío, porque el chico no sabe muy bien a dónde va, aunque entiende con exactitud lo que va dejando atrás: una relación determinante, la más grave y dolorosa de las que ha tenido en su vida. Mientras viaja el chico escribe en su cuaderno, va convocando ciertas imágenes perdidas, irrecuperables, que intenta fijar en su memoria, no con la intención de preservarlas de la muerte, un proyecto de cuya inutilidad incluso él es consciente, sino para conferirle cierto orden textual, cierta estructura legible, a la melancolía. En otras palabras, lo que busca es administrar su propio duelo, y, en ese esfuerzo, algo conmovedor sucede, hay una intensidad que trasciende el marco de la escena, que es, en sí misma, efectista y trillada. No sé muy bien qué es, pero está ahí y uno lo percibe; si pudiera explicarme el fenómeno, posiblemente sería fácil reproducir aquí esa conmoción y de ese modo, con un poco de suerte, lograr emocionarte, derretirte un poquito, princesa de los hielos. Sin embargo, sé que ese consuelo me está prohibido. Vivo y viviré de emociones prestadas, de textos y pretextos que han domesticado mi alma y, temo decirlo, quizá constituyen su sustancia. No me niegues que tú eres como yo: ambos somos fríos y lo sabemos. Somos dos animales de baja energía que se diferencian por saber elegir textos distintos, irreconciliables incluso, para manifestar en ellos su frialdad. Es en este paso, la distribución de gustos y disgustos, donde se rompe toda comunicación. La aventura de Nederland, que fue obra tuya y no mía, es el último testimonio de nuestras distancias en materia de lecturas, aunque, sobre todo, en el terreno de los afectos. Está bien, tendré que aceptarlo. Admito que es probable, triste y probable, que la única solución para esta inarmonía radical sea la separación definitiva; pero no quería marcharme, o mejor dicho, no quiero seguir yéndome sin antes demostrarte —es decir, demostrarme a mí mismo— que yo también soy capaz de imaginar mis despedidas. Así que ésta es mi despedida, la que te ofrezco sin que lo sospeches, mientras la estúpida máquina hacedora de futuros, que solo sabe viajar en línea recta hacia ninguna parte, continúa poniendo tierra de por medio. De este modo sabrás que antes de que fuera demasiado tarde, antes de que toda relevancia cesara, me atreví a intentarlo, me lancé a susurrarte a través del desierto que, concluida esta aventura, apenas extraigo de ella una humilde certeza. Me pesa la convicción de que la vida está en otra parte, de que su imposible esqueleto de luciérnagas nunca estuvo entre nosotros y nosotros nunca respiramos en su ámbito, por cobardía, por incapacidad, porque allá lejos y hace tiempo, alguien, algo, nos congeló el corazón, lo transformó en ese nido de fantasmas del que nacen las historias. ¿Es nuestro hijo muerto, su cuerpecito helado, una prueba de nuestra ineptitud para vivir, una síntesis de nuestras falencias personales? ¿Estamos condenados a deambular por este país sin encontrar, nunca, un hermano pastor? No lo sé, pero una vez más, es muy poco lo que sé, aunque por ahora esta célula de saber me basta y me sobra: casi no puedo con ella. Dejo de escribir, atravesado por la amargura de intuir que no he articulado las palabras correctas. Será que ellas no están en mí, que me abandonaron una noche sin que yo me diera cuenta, tal vez la noche en que creí cruzar esa frontera que nunca se termina de abrir; o será que nunca me pertenecieron de verdad. Ojalá esas palabras, esas que sangran unas dentro de las otras, se encuentren allá, en el lugar al que me dirijo: esperando que las busque, las reclame y las haga mías.

nota de autor

Este libro está dedicado a un grupo de personas muy queridas. Agradezco los comentarios de Peter Elmore, maestro y amigo, que me ayudó a encontrar los agujeros de la trama y me señaló el camino para remediarlos, además de ofrecerme inestimables lecciones de escritura. Las observaciones de Jeremías Gamboa, lector sensible a los residuos de calor que se agazapaban en las primeras versiones, fueron indispensables para darles un soplo de vida a las últimas. Las anécdotas sobre Nederland que me contó Javier González, autor de las ilustraciones que acompañan el libro, forman parte del tejido del argumento y fueron vitales al reconstruir la sensibilidad de un espacio nuevo para mí. Raúl Pérez-Cobo reescribió las primeras páginas y me las devolvió como un espejo incómodo, donde saltaron las costuras del estilo. Andrés Prieto me facilitó, en un seminario graduado, la clave para una de las escenas centrales. Las sesiones dedicadas al "Facundo", en el seminario de Juan Pablo Dabove, están presentes en más de una página, así como también las nociones de opacidad y teatralidad del lenguaje, que Julio Baena y John Slater me ayudaron a comprender. No dejo de mencionar a Gisela Salas, feroz detectora de lugares comunes, que llegó -felizmente- hacia el final del proceso de corrección. Carlos César Valle, camarada de los años universitarios y severo juez de escritos propios y ajenos, me condujo a pensar en problemas de ritmo y de adjetivación. Agradezco la confianza de Álvaro Lasso, editor incansable, que demostró entusiasmo desde la primera vez que me escuchó hablar acerca del hombre muerto y congelado, y me presentó además a la *maravillosa familia Estruendo. Iván Thays y Alonso Cueto, grandes amigos, escritores magníficos y modelos de pasión por la literatura, me guiaron desde lejos —sin necesidad de palabras— durante los varios meses que dediqué a escribir "El futuro de mi cuerpo". José Miguel Herbozo, Johann Page, Edwin Chávez y Óscar Pita Grandi estuvieron a mi lado, como siempre, así como también los chicos de Mckenna, mis compañeros del Departamento de Español y Portugués de la Universidad de Colorado. Estaré siempre en deuda con Gustavo Faverón Patriau, que entendió este libro mejor que yo: con la comprensión aguda de la inteligencia, y la generosa y cálida del afecto. Last but not least, gracias a Aileen El-Kadi, por enseñarme que algunas despedidas se prolongan.*

Luis Hernán Castañeda

Lima, junio del 2010

Álbum de Serena

**FRIDAY NIGHT FIGHTS AT OSKAR BLUES
FROZEN DEAD GUY DAYS
SPECIAL EVENT!
FEATURING LIVE FROM AUSTRALIA!
DARWIN
THE BOXING
KANGAROO
VS.
NED'S OWN
"THE INIMITABLE"
DADDY
SNUGGS
5 ROUNDS!
9 P.M.**

**FRIDAY
MARCH
5TH**

**$10 COVER
DRINK SPECIALS
AND
SHOTS ON THE HOUSE
AT THE START OF EVERY ROUND!
OSKAR BLUES 187 1ST ST. NEDERLAND**

life is short: why sleep?
dead guys never sleep
INSOMNIACS
sat.
march 6th
10 pm
late
nite sets
'til
dawn
katmandu
$10 cover
also featuring ned's own dancing devis
$2 flying horses til 2am

ONE FROZEN DEAD GUY and LOTS of HOT WOMEN
FROZEN DEAD GUY DAYS
PARADE
EXTRAVAGANZA
SATURDAY
MARCH
6TH
9 AM
IN
COLORFUL
DOWNTOWN
NED
SPONSORED BY DR. GREENLEAF'S DISPENSARY
AND THE KEEP NED WEIRD FOUNDATION

MODEST MOUSE
WITH
THE
UNITED
DOPE
FRONT
FRIDAY
JAN. 22
FILLMORE
9 PM
ALL AGES

Frozen Dead Guy Days
There's a Fungus Among Us

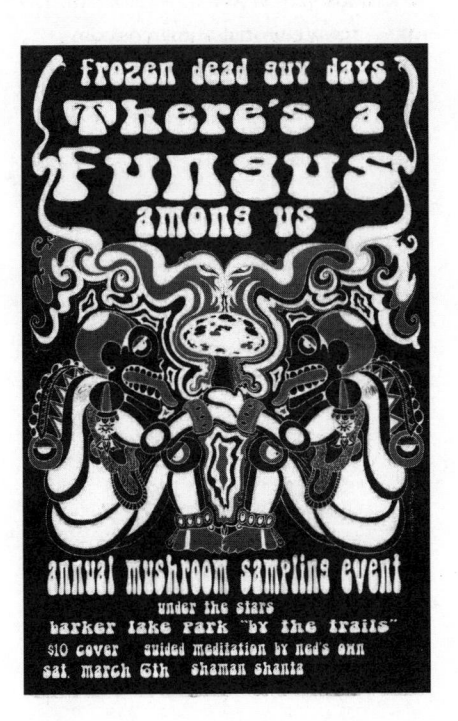

Annual Mushroom Sampling Event
under the stars
barker lake park "by the trails"
$10 cover   guided meditation by ned's own
sat. march 6th   shaman shanta

El Futuro de mi cuerpo
se imprimió en los talleres de
Editorial San Marcos
Jr. Dávalos Lissón 135, Lima
teléfonos 423-3436 / 331-1522 (An. 129)
www.editorialsanmarcos.com
Lima, julio 2010